FRANKISS STEIN

科學愛人

What will happen when Homo sapiens is no longer the smartest being on the planet?

A LOVE STORY

by JEANETTE WINTERSON

——一則愛的故事

Literary Forest

珍奈・溫特森／著
陳佳琳／譯

我們可能會輸，也可能會贏，但我們再也不會在這裡了。

老鷹合唱團 "Take It Easy"

日內瓦湖，一八一六年

現實可溶於水。

我們眼底可見，岩石、水岸、綠樹、湖面小船，全都在長達一星期的灰濛細雨失去了輪廓，也失去了它們尋常的模樣。即使那棟我們想像中應是石頭砌成的小屋，也在厚實迷霧中挪移，偶爾，某扇門或窗會倏然現身，猶如出自夢境。

所有的固態實體都溶化成液態的存在了。

衣服一直不乾。我們進了屋，天氣也如影隨形，但我們總得進屋，也得出門啊。濕漉漉的皮革。有羊羶味的毛線衣。

我的襯衣也發霉了。

今天早上我突然想光溜溜走來走去，衣服全濕了，穿著又有什麼用？昨天我洋裝的鈕釦孔因為布料進水膨脹，鈕釦卡得死死，我只得一刀將它們剪掉。

床鋪似乎因我整夜盜汗未眠濕透了。窗戶因為我呼吸起了白霧。壁爐柵欄後方燃燒中的柴火嘶叫不停，彷彿想與大自然作對。我留下仍在熟睡的你，默默走下單薄的階梯，雙腳潮濕。

我全身赤裸。

我打開房子大門。雨穩定又無情地繼續下著。雨已經下了七天七夜，不疾不徐，不大不小。土壤再也無法消化吸收，踩起來就像海綿——碎石小道滲水，原本井然有序的花園也爆出幾處小湧泉，沖散的泥巴在鐵門前聚集成黑污的小水窪。

但今天早上，我走到了屋子後方，沿著小坡往上爬，滿心期盼也許有個烏雲散開的空檔，讓我得以一瞥腳下的閃亮湖面。

我一路上行，一路回想前人是怎麼活過來的。他們沒有火，通常也沒有遮風蔽雨的地方。他們鎮日在廣袤又美麗的大自然間遊蕩，但自然卻極其無情殘酷。我想著，在沒有語言或是語言誕生前的世界，人類心靈總難自我療慰。

然而人類思緒產生的文字言語折磨凌遲我們的程度，卻遠超過大自然。

那會像什麼？——錯，那會是什麼——不能說「像」，這個問題不能用「像」解釋。那會是什麼？一個沒了語言的生靈——連動物都算不上，但是否與我現在的狀態差不多？

眼下的我困在無所適從的皮囊裡，血肉蒼白如鵝，渾身顫抖。可悲的物種，沒有狗兒的靈敏嗅覺，沒有馬匹的敏捷步伐，也沒有在天頂不見蹤影，只聞失魂落魄般嗡嗡哭嗚的禿鷲振翅，甚至在這擰得出水的天氣，連魚鰭或甚至美人魚尾巴都沒有。我可不像消失在岩縫間的那隻睡鼠，藏匿無蹤。我就是個可悲的物種，除了能思考，什麼也不會。

在倫敦的我不如在湖畔或阿爾卑斯山間自在，在這裡，心靈得以獨處。倫敦持續恆動；川流不息的現在亟於湧向一個倒退的未來。在這裡，時間既不擁擠也不稀少，在我幻想中，這裡一切都會發生，一切都有可能。

世界正在跨越迎向新局的門檻，我們就是凝塑自己命運的靈魂。儘管我不懂得發明機器，但我卻很能創造美夢。

可我仍然希望自己有一隻貓。

我站上屋脊，煙囪像是大型動物的耳朵穿透氤氳雨幕。我的皮膚覆滿如刺繡般的晶亮水珠。這讓赤裸裸的我更顯精雕細琢。我暴露的乳頭和雨神別無兩樣。我那一向濃密的陰毛就像一處漆黑淺灘。大雨如水瀑般包裹了我，眼瞼上盡是水，我拳手揉拭眼球。

莎士比亞。他創造了「眼球」這個字；是哪一齣戲來著？

將這香草揉入萊山德的眼
那汁液助益良多
讓他眼球看見習以為常的景象

然後我看見了。我認為我看見了。我似乎是看見了什麼？

一個巨大人影，衣衫襤褸，在我上方的岩間飛快移動，遠離了我，他背對著我，動作穩健，偶爾也像隻年輕狗兒猶豫不決，似乎不知道該拿自己的大腳爪怎麼辦。我原想出聲呼喊，但我得承認，當下，我很害怕。

接下來我就看不見那個身影了。

當然，我心想，假使他是迷途旅人，他不會沒看見我們的別墅。但此人越爬越遠，似乎是知道有別墅，卻決意繼續前進。

那抹人影教我困擾不已，我確實目睹了他，卻也困擾著這會不會全然出自我的想像。我心煩意亂回到屋內，躡手躡腳從側門進去，寒冷讓我不斷顫抖，我緩緩走上蜿蜒的樓梯。

我丈夫站在階梯上方。他望著赤裸如夏娃的我，我看見他的雄性象徵在襯衫下蠢蠢欲動。

我出去散步了，我說。

沒穿衣服？他問。

是啊，我回答。

他伸出手，摸了摸我的臉。

你的本質為何，你如何構成，
讓數以百萬計陌生身影追隨著你？

我倆在壁爐前待了整夜，室內陰暗大於光亮，因為我們沒有多少蠟燭，直到天氣好轉前，物資很難取得。

這一世是場失序的夢境嗎？這外在世界只是幻影，我們見不著，碰不得，聽不到它的本質，所以深深畏懼？

這一世的夢境何以鬼魅處處？逼人直流冷汗？發熱不安？

或者我們非生非死？

存於生死間的晦暗。

我這一輩子都害怕這種狀態，我不如盡情享受人生，才可不畏死亡。

於是我十七歲隨他私奔，這兩年就是我最棒的人生。

一八一六年夏天，詩人雪萊與拜倫、拜倫的醫生波利多里、瑪麗・雪萊及她的繼妹——拜倫當時的情婦克萊兒・克雷爾蒙特，在瑞士日內瓦湖畔租了兩處房子。拜倫喜歡宏偉的迪奧達蒂別墅，雪萊夫婦則選了小巧可愛的房子，位於低一點的斜坡上。兩位屋主聲名狼藉，甚至於大湖彼岸的一家旅館為房客架起望遠鏡，以便偷窺人們口中兩位身邊永遠不乏女人左擁右抱的惡魔教徒兼性愛大師的怪誕行徑。

的確，波利多里愛上瑪麗・雪萊，但她拒絕和他上床。而拜倫或有可能也與雪萊上了床，但沒有證據顯示雪萊有此癖好。咸以為克萊兒大概睡遍了眾人——但事實上她只與拜倫同床。這些人整天都膩在一起——後來，就開始下雨了。

我的丈夫崇拜拜倫。兩人每天都會外出划船，討論詩與自由，我則盡量避開克萊兒，她實在言語乏味。我也必須遠離波利多里，這傢伙跟發情公狗沒兩樣。

但接著雨下了起來，大雨傾盆，湖也去不得。

至少這種天氣同樣阻絕了彼岸的窺伺眼神。我在城裡耳聞有位房客瞥見拜倫的露台有五六件在晾乾的襯裙。其實他們看見的根本就是床單。拜倫是詩人，但他可是很愛乾淨的。

而現在，數不清的獄卒限制我們的一舉一動，每一滴雨水就是一位獄卒。波利多里從村裡找了個女孩以供個人歡愉，我們其他人也在潮濕的床上盡情享樂，但心靈也跟肉體一樣，需要鍛煉。

那晚，我們圍坐在熱氣騰騰的壁爐旁，談論超自然。

雪萊著迷於月夜中驀然現身的廢墟。他深信每座建築都鐫刻著往昔榮光，這些回憶或記憶在天時地利之際，就會一一釋放。但何謂天時？我問，他自己也納悶，或許所謂的天時，必須取決於時人。時間利用人類當作與過去連結的管道——沒錯，一定是這樣，他說，畢竟有人可以與亡者直接對話。

波利多里不贊同。一死萬事休。即使我們曾有靈魂，它們也不再復返。在石板端放的遺體不可能復活——今生來世亦然。

拜倫是無神論者，不相信來世。**這輩子的我們已經紛擾重重了**，他說，光煩惱這一生就夠了。

克萊兒什麼也沒說，因為她沒什麼好說的。

僕人端上紅酒。萬幸，終於有不是雨水的液體了。

我們簡直跟溺水沒兩樣，雪萊說。

大家喝了酒，光影在牆上閃爍，那裡彷彿自成另一個世界。

這是我們的方舟，窩在這裡，四處漂流，等待洪水消退。

你們覺得他們在方舟上都聊些什麼？拜倫問，跟動物熱烘烘的臭氣關在一起。他們會不會相信整個地球就像是子宮裡的胎兒，被水團團包覆？

波利多里興奮插嘴（說到興奮插嘴，這可是他的拿手好戲）。在醫學院，我們就有一排胎兒標本，代表妊娠的不同階段，全是墮胎胎兒；手指和腳趾因為面臨無法逃避的下場而蜷曲，雙眼緊閉，抵抗永遠沒機會看見的光亮。

它是看得見的——我說——母親肚子上的肌膚一伸展，光就透了進來，照耀著腹內成長中的孩子。胎兒也會歡喜轉向，對著陽光。

雪萊朝我微笑。我懷著威廉時，他會跪著凝視坐在床緣的我，雙手碰觸我的肚子，彷彿那是一本他從沒拜讀的珍稀古書。

這就是我的小世界，他說。喔，我真的記得，那天早上，我們並肩沐浴在陽光下，我感到寶寶快樂踢腳。

但波利多里是醫生，不是母親。他看待事物的方式截然不同。

我正打算要說，他說，對自己被打岔有點不爽（愛打岔的人向來如此），**我正打算要說**，無論有沒有靈魂，意識的存在原本就是神秘的。胎兒在子宮時哪有什麼意識可言？

男孩比女孩更早有意識存在，拜倫說，我問他何以這麼認為。他回答：男性比女性更穩健、積極。從生活中就觀察得出來。

我們只觀察到男人會壓榨女人。我說。我自己就有女兒，拜倫說。她被動怯弱。艾達才六個月大！而且她出生後不久，你就沒見過她了！小孩都一樣，無論男女，剛出生時，也只懂得睡覺和吸吮！這跟性別無關！這是生物學！

哎，拜倫說，我本來以為她是個耀眼的小男孩呢，假使我只能生女兒，那我一定要確保她嫁得好。

人生除了婚姻就沒其他事了嗎？我問。

女人嗎？拜倫問。當然沒有。愛情只是男人生活的一部分，對女人，愛情就是全部。

我母親瑪麗．沃斯通克拉夫特可不會同意你的說法，我回答。

但她卻為了愛企圖自殺，拜倫說。

吉伯特．伊姆萊，花花公子。投機份子。傭兵。這男人心意善變，行事卻總是不出人們預料（為什麼都是如此？）我母親從倫敦一座橋上跳河，張開的裙襬成了她墜落身體的降落傘。她沒有死，沒有，她沒死。

後來，她死了，因為生下了我。

雪萊看出我的傷痛與不悅。我拜讀令堂的大作時，雪萊說，一面望著拜倫，看也不看我一眼，我完全被她說服了。

我因此愛上了他——從那時開始，至今亦然——當我只有十六歲，仍是瑪麗．沃斯通克拉夫特與威廉．戈德溫令人驕傲的小女兒時，他便如此告訴我。

瑪麗．沃斯通克拉夫特：《為女權辯護》，一七九二年。

令堂的大作，雪萊表示，帶著他慣有謙遜自信的口氣，令堂的大作非常了不起。

真希望我自己也能做點什麼，我回答，好配得上她的成就。

為什麼人總希望留下一點印記？拜倫問。只因為虛榮心作祟嗎？

不，我說，這是一種渴望。期盼有一天人類能有一個公平正義的社會。

這永遠不可能發生的，波利多里說。除非人類被全數殲滅，一切從零開始。

全數殲滅，拜倫接著說；是啊，有何不可？那時我們就回到漂浮的方舟。神的旨意是正確的。重新開始。

但是祂還是留了八個人，雪萊說道，地球還是得有人類。

我們這裡等同於半艘方舟了，對吧？拜倫提出。我們四個人與外面的水世界。

是五個人，克萊兒說。

我忘記妳了，拜倫說。

英國會有一場革命，雪萊說，就像美國與法國，而後，真的，我們就能重新開始了。

我們要如何避免革命過後的狀態？我們在有生之年目睹了法國的弊病。首先是恐怖主義，左鄰右舍彼此窺視刺探；接著**暴君**來了。拿破崙．波拿巴——難道他會比國王更討喜？

法國大革命對人民完全沒好處，雪萊說——因此他們期待強人登高一呼，給予他們原本無法擁有的一切。人除非先餵飽自己，否則哪有力氣追求自由。

你們相信，如果人人荷包滿滿，工作穩當，有錢有閒，教育普及，不受上位者迫害，不擔心低下階層暴動，人類社會就是真的完美嗎？拜倫用他向來慢條斯理的負面語氣質問我們，彷彿很肯定我們會作何反應，於是我決心跟他唱反調。

我相信！我說。

我才不信！拜倫反駁。人類自找死路。我們急著朝我們最害怕的方向前進。

我搖搖頭。我腳步踏實，立場堅定，穩穩站在我們的方舟上。我說，自尋死路的全是男人。如果你們其中之一曾經懷胎九月，卻目睹孩子出生夭折，或活不過嬰兒期，或因匱乏、疾病，甚至戰爭而死，你們就不會汲汲營營，努力尋死了。

但死去才光榮英勇啊……拜倫說，活著什麼也不是。

我聽說，波利多里打岔，我**聽說**，我們之間有些人不會死，會一直活著，生生世世，靠其他人的鮮血而活。他們最近在阿爾巴尼亞挖開了一座墳，遺體雖然已經有一百年的歷史，沒錯，一百年（他刻意停頓，要我們因此驚嘆），屍體竟然保存完好，嘴裡甚至看得見鮮紅的血液。

把這故事寫出來，如何？拜倫問。他起身從壺裡倒了酒。他的跛腳因為潮濕的天氣更明顯了。他細緻的五官表情生動。對了，我有個想法：假使大夥就像此刻得困在方舟，我們不如每個人都來寫個超自然經歷的故事。你的故事，波利多里，就寫活死人。雪萊！你相信鬼魂……

我丈夫點頭——我親眼目睹了那位怪客，真真確確，但哪種比較驚悚？是亡靈前來造訪，還是活死人四處遊蕩？

瑪麗？妳覺得呢？（拜倫對我燦然一笑。）

我覺得？

此時男士們又倒了更多的酒。

我覺得？（我對自己說……）我對母親一無所知。她生下我沒多久就過世了，也因此，我完全無從知曉她的逝去。但她的死我無法置身事外——一如我們認識的某人過世那般，好像死亡是兩個人的事。一個是你，一個不是你。但在生產當下，還沒有所謂的我／非我。母親早逝的缺憾深埋在我心底，一如我曾經待在她身體裡頭。從此我失去了一部分的自己。

我父親努力父兼母職，他認真充實我的知識，因為他無法豐富我的心靈。他並不是個冷酷的男人；他只是個男人。

我的母親聰慧無比，是他心靈所屬。母親是能溫暖他臉龐的火焰。她從不會把女人天生的激情與同理心擱在一旁——他還告訴我，許多時候，當他厭倦世界時，只要她摟著他，那感覺就勝過閱讀世上任何一本書。我堅信這一點，正如我相信有許多好書尚未問世，我也不認為我必須在理智與心靈間選邊站，劃下分界。

我丈夫也是如此，但拜倫則認為女人來自男人——來自他的肋骨，他土塑的身軀，我發現此人的特異獨行等同於他的絕頂聰明。我說，很奇怪耶，不是嗎？你不信神，卻認同我們在《聖經》讀到的造物史。他微笑聳肩，解釋道——那不過是區分男女的隱喻罷了，隨即轉身離開，認定我已經理解了他的意思，話題到此為止，但我沒放過他，把像個希臘神祇般跛足離去的他叫了回來。我們不用多問波利多里醫生，他一定知道從創世以來，男人還沒產下過任何活物吧？先生，請注意，您才是咱們女人的產物。

男士們對我縱容大笑。他們在某種範圍內還算尊重我，但如今已到極限了。

我們討論的是生命力的法則，拜倫說，語氣彷彿對小孩解釋，緩慢耐心。不是土壤，不是床單，不是容器；是生命的火花。生命的火花就是男人。

附議！波利多里說，當然，如果兩位男士都同意了，女人就毫無置喙的立場了。

但我還是希望自己有隻貓。

細麵條，雪萊說，後來，我們在床上。男人們讓麵條動了起來。妳忌妒嗎？

我撫摸他修長的手臂，我的腿跨過他細長的雙腿。他指的是達爾文博士，他似乎發現了一些麵條會自主運動的證據。

你是在笑我吧，我說——而且你，你這個兩足直立動物的軀幹分岔點也出現了某種非自主運動的跡象呢。

那會是什麼呢？他輕聲問，親吻我的頭髮。我知道他的聲音如此輕柔的含意。

你的雞雞，我說，我的手讓它又開始生機盎然。

這比電療法更舒服，他說。我真希望他沒提起這個，我會分心想起了電療法的創始者伽伐尼、電極以及活蹦亂跳的青蛙。

妳的手怎麼停下來了？我丈夫問。

那人叫什麼名字？伽伐尼的侄子？你放在家裡的那本書？

雪萊嘆了口氣。然而，他是地球上最有耐心的男人：《電療法的最新進展：一系列在

法國國家研究所委員會前執行的有趣實驗，新近在倫敦階梯解剖講堂重現。附錄為新門監

獄某男性受刑人遺體實驗過程……一八〇三年》。

對，就是這一本，我重拾活力，儘管熱情已經往上跑到我的大腦。

雪萊俐落趴到我身上，輕鬆進到我裡面；我很樂意接受，沒有拒絕。

我們已經將人類的生命力實現得很極致了，在我們享受彼此的肉體與愛時，他說。要那些青蛙與義大利麵條做什麼？還不就是會抽搐的屍體和電流嗎？

書中不是說那名死刑犯的眼睛睜開了嗎？

我丈夫閉上雙眼，全身緊繃，將他那一半的世界射進我體內，與我這一半的世界結合，我轉頭望向窗外，月亮如明燈般高懸在短暫放晴的夜空。

你的本質為何，你如何構成，
讓數以百萬計陌生身影追隨著你？

《十四行詩》第五十四首，雪萊說。

《十四行詩》第五十三首，我說。

他氣力耗盡。我們一起躺在床上，凝視著彷彿讓月亮加速移動的稀疏雲彩。

而你的俊俏宛如天賜再無它比。

情人的身體印上了世界。世界也印在情人的身上。

在牆的另一邊，傳來拜倫勳爵在克萊兒身上衝刺的聲音。

好一個星月璀璨的夜晚，連日細雨綿綿讓我們更貪婪享受眼前美景，光線落在雪萊臉上。他好蒼白！

我問，你真的相信鬼魂嗎？說真的？

真的，他說，肉體怎麼可能是靈魂的主宰？我們的熱血、英勇，對了，甚至是怨懟仇恨，才是形塑世界的元素——那麼，這是肉體或靈魂的成就？當然是靈魂。

我想了想，回答道，假使人類可以成功讓死屍透過電流或其他尚未發現的方式復甦，靈魂能回返嗎？

我不相信，雪萊回答。肉體會腐化、會倒下，但它無法代表我們的存在。靈魂也不願回到一棟毀壞的房子。

如果沒了你的肉體，那我又要如何愛你呢？我親愛的男孩？

所以妳只愛我的肉體？

我如何能告訴他，我會在他睡覺時坐著凝視他，望著他那平靜的心靈，沉默的嘴唇，但我親吻的他，只是一具我愛的肉體？

我不能將你一分為二，我說。

他用修長的雙臂摟住我，在潮濕的床上輕搖著我。他說，我會，如果我可以的話，在我的肉身腐化時，將我的心靈許給岩石、溪流或一朵白雲。我的心靈將永存不朽——我認為它會的。

你的詩，我說。它們會長存。

也許吧，他回答。但不只如此。我怎麼可能會死呢？不可能。然而，我終須一死。

在我懷中的他如此溫暖。離死亡如此遙遠。

妳想到故事題材了嗎？他問。

我已經絞盡腦汁了，但腦子還是一片空白，而且我缺乏想像力。

亡者還是不死之身？他問。鬼或吸血鬼，妳會選擇哪一個？

哪一個最讓你害怕？

他沉思了一會兒，用手肘撐起自己面對我，他的臉近得我幾乎可以將他吸入體內。他說，鬼魂哪，儘管外表可怕嚇人，儘管話語聳人聽聞，我向來敬畏有加，卻不會害怕半分，因為它曾一度擁有生命，如吾之寄寓；只是在我之前成了幽靈，如吾之必至，從此它不再有物質性的存在。但吸血鬼是個骯髒齷齪的東西，靠別人活生生的血肉，餵養自身腐敗的軀殼。它比亡者還冰冷，對萬物毫無憐憫，只有那永無饜足的欲望。

那麼我選不死之身，我說。我還睜大著眼在思考時，他就這麼睡著了。

我們的第一個孩子在出生時夭折了。我緊擁他冷冰冰的小身體。沒多久，我就夢見了他其實沒有死，我們用白蘭地不斷搓揉他，將他放在壁爐旁，於是他又活回來了。

我好想摸摸他的小身體。我願意給他我的鮮血，好復甦他的生命；他是我的血肉，靠著我餵養的吸血鬼，長達九個月的黑暗時光，躲在自己的庇護所。亡者。不死之身。喔，我已習慣了死亡，我痛恨它。

我起身，焦躁不安，無法入眠，我拿被子蓋住丈夫，自己裹了披肩站在窗前，望著遠處山丘的黑影與閃亮湖面。

明天或許一切都會好轉。

有一段時間父親將我送到丹地與表親一家同住，他希望這些人的陪伴能改善我的孤獨感。但我有著某種燈塔守望人的性格，我不害怕孤單，也不懼怕大自然野蠻的一面。

在那些時日，我發現自己最快樂的時光是在戶外獨處的時刻，我能創造豐富多樣的故事情節，內容盡可能遠離我的現實處境。我成為自己通往其他世界的旋轉門與梯子。我躲在自己的偽裝後。剛才瞥見那兀自獨行的人影，便足以激發我對悲劇或奇蹟的精彩想像。

我只在有人陪伴時覺得無聊。

回到家裡，父親對沒了媽媽的小女孩該有何等得體舉止沒興趣，他容許我在他招待友人的時候，安靜坐在外人看不見的地方，然後他們會聊起政治、正義，還有其他各種話題。

詩人柯立芝是家中常客。一天晚上，他大聲朗讀新作《古舟子詠》。開頭是這樣的——看我記得多熟——

那位老水手，

攔住三名來客之一。

「憑汝蒼蒼鬚髯，滎滎目光，

緣何阻擋去路吾往？」

我不過是個蹲在沙發後面的小女孩，著迷地傾聽那段訴說給婚宴賓客的故事，想像那趟可怕險惡的航程。

水手因殺死在天晴時會跟隨船隻的友好信天翁受盡詛咒。最驚悚可怕的場景是，死去的水手那罪孽深重、支離破碎的身體在恐怖的力量驅使下重新動了起來，它們駕著那艘破爛陳舊、不堪一擊的船，一頭衝入冰天雪地的闃黑大海。

他冒犯了生命，當時與現在的我都這麼想。但究竟何謂生命？被殺死的肉體？被摧毀的心靈？寸土不生的荒蕪大地？死亡乃天經地義，衰敗無法避免。沒有死就不會有生。亡者。不死之身。

浮雲密佈，掩住明月。烏雲將快快散去，夜空會再次晴朗。

倘若亡者復活，仍會生命力十足嗎？

如果地府門大敞，亡者甦醒……接下來……

我的思緒發燒。我不知道今晚自己是怎麼了。

我的靈魂有某種我不明白的力量在作祟。

我最怕什麼？亡者？不死之身？或是，我突發奇想……從來沒好好活過？

我轉頭看著睡著的他，動也不動，卻是有生命的。睡眠中的肉體看來放鬆，但型態卻與死亡相仿。若他死了，我又該如何獨活？

雪萊也是我家常客；我們就是如此相遇的，那年我十六，他二十一。已婚。他的婚姻並不幸福。他這麼描述他的妻子哈麗葉：我感覺自己彷彿行屍走肉，死與生在我身上連結，以教人憎惡、可怕的方式交融為一。

那一晚，他走了六十幾公里到他父親家——那天晚上，他恍恍惚惚，似乎陷入夢境，深信自己**遇到註定將屬於我的女人**……

不久我們就認識了。

家事做完後，我總習慣溜到母親位於聖潘克拉斯教堂的墓園，在那裡，我可以倚著她的墓碑，認真閱讀。後來，雪萊也開始與我在那裡秘密會面，我相信那是她對我們的祝福，我們會坐在墓碑兩端，談論詩與革命。他說，詩人是生命不獲公認的立法者。

我經常納悶躺在棺材裡的她是什麼模樣。我不會想到她早成腐爛枯骨，反而是如她那些鉛筆素描般活躍生動，或她筆下的自己，生機勃勃。即便如此，我仍想靠近她的肉體。那具可憐的軀殼現在對她沒有任何意義了。我感覺，而且我確信雪萊也有同感，我們三人都在，就在墳墓旁。這令人安心，與神或天堂無關，只因為知道她與我們長相左右。

我愛他，因為他將母親帶回到我身邊。他既不兇橫，也不多愁善感。最後的安息處。他就是我的安息處。

我清楚父親努力保護著她的墳墓不受盜墓者侵擾，但這群人其實只想拿有價值的東西換錢花用，他們理性得很——反正遺體沒用了，要它做什麼？

在倫敦各地的解剖檯上，有母親、丈夫與類似我夭折孩兒的遺體，他們的肝臟脾臟被人取出，頭骨壓碎，骨頭鋸斷，解開糾結好幾哩長的腸道祕密。

亡者之死，波利多里說，並不是我們害怕的，我們比較擔心的是，在我們將他們放進棺材時，這些人其實還沒有真正嚥氣，而後，他們會在黑暗中驚醒，幾近窒息，在恐慌中喪命。我在一些新近下葬，被帶來解剖的亡者臉上見到了他們痛苦的神情。

你們的良知去了哪裡？我問，難道完全沒有顧忌？

妳難道對未來不感興趣嗎？他說。浸滿鮮血的燭芯才能燃出最熾烈的科學之光啊。

*

叉狀閃電在我頭頂的天空劈裂。看起來猶如人身的電光似乎在一秒間點亮大地，接著又陷入漆黑。湖上雷聲轟隆作響，而後鋸齒般的白熱電流再次現身。我從窗邊看見一個巨大的黑影傾倒，彷彿戰場上倒下的士兵，巨響撼動窗戶。沒錯。我看見了。一顆樹被閃電擊中了。

接著雨滴如百萬名小鼓手聚集奏樂。

我丈夫被驚動了，但沒有醒來。遠處飯店倏忽出現在眼前，冷冷清清，窗後杳無人跡，就像亡者的宮殿。

陌生身影追隨著你……

恍惚間我一定是回到了床上，因為我再度驚醒時，全身坐得直挺挺的、披頭散髮，手裡緊緊抓著床單。

我做夢了。我做夢了嗎？

我看見那位專事瀆神之術的蒼白學徒跪在他東拼西湊的物體旁。我看出癱在地上的是形似男人的可怕軀體，然後，某種有力的引擎運作了起來，那東西開始抽搐，不自然的動作顯現出了某些生命徵象。

這個成果把藝術家嚇壞了；他踉蹌跑離自己恐怖的創作，驚慌失措。他衷心企盼自己製造的生命火花終將熄滅；企盼那活動起來有著如此缺陷的物體終會回歸死物，或許他每晚睡覺時都堅信著墳墓的沉默將永遠揠熄這恐怖死屍一瞬的生命之火，他原先視作生命搖籃的存在。他睡了又醒；一睜開雙眼，看哪，那可憎東西正站在他床邊，拉開床簾，用那對澄黃晶亮又居心叵測的雙眼盯著他瞧。

我同時恐慌地睜開雙眼。

第二天，我宣佈，我已經有**故事的想法了**。

故事：一系列相互牽動的事件；若真似幻。若幻似真。

既幻

又真

現實在炙熱中彎折。

透過熱浪，我看見堅固的建築物如聲波般震動。

飛機正在降落。跑馬燈寫著：

歡迎來到田納西州曼斐斯市。

我前來參加全球機器人科技大會。

大名？

芮・雪萊。

您是參展廠商？展示人員？採購？

媒體。

有的，有您的大名，雪萊先生。

是雪萊醫生。唯康信託基金會。

您是醫生？

是的。我參加大會是想瞭解機器人如何影響人類的身心健康。

這是個很好的問題，雪萊醫生。而且別忘了還有靈魂。

這我就不敢說是我的專業領域了……

人人都有靈魂，哈利路亞。請問您的採訪對象是？

朗恩．洛德。

（電腦花了點時間跑出朗恩．洛德的資料。）

是的。有的。A級參展商。洛德先生會在「成人未來區」等您。這是展區地圖。我是克萊兒。我就是您今天的負責窗口。

克萊兒黝黑修長，是個大美女，一襲合身的深綠短裙與淡綠色的絲綢襯衫。我很高興她是我的窗口。

克萊兒用修剪整齊的手俐落寫下我的名牌。手寫字，在充滿未來感的科技展裡真是老派得出奇，但極其溫暖有人性。

克萊兒——抱歉——我的名字不是芮恩，只有芮。

很抱歉，雪萊醫生，我對英國人名字不太熟悉——您是英國人對吧？

是的，沒錯。

您的口音很可愛。（我微笑，她也笑了。）

這是您第一次來曼斐斯嗎？

對。

您喜歡B．B．金嗎？強尼．凱許？我們的「王中之王」？

馬丁．路德．金恩[1]博士？

呃，我說的是貓王——不過您倒是讓我注意到，我們這裡確實有不少所謂的「王」——或許因為這樣，此地才叫曼斐斯吧？——畢竟如果以古埃及的首都為名，總應該要看到一些法老王什麼的——對吧？

命名就是權力的象徵，我對她說。

真的是這樣。這也是亞當在伊甸園的任務。

沒錯，為萬事萬物命名。性愛機器人……

您說什麼？先生？

妳想亞當當初料得到有這種東西嗎？狗、貓、蛇、無花果樹，性愛機器人？

他省了這等折騰實在萬幸，雪萊醫生。

沒錯，我也認為妳說得對……告訴我，克萊兒，為什麼這裡要叫做曼斐斯？

您是說一八一九年，建城的時候嗎？

當她說話時，我在心裡看見了一名年輕女子從濕漉漉的玻璃窗後遠眺湖面。

我對克萊兒說，是的，一八一九年。《科學怪人》一歲大。

她皺眉：我沒聽懂，先生。

小說《科學怪人》在一八一八年出版。

被用螺絲穿過脖子的那個怪咖？

這樣說也算是啦……

我看過電視影集。

牠也是我們今天人在這裡的原因。（聽到我這麼說，克萊兒滿臉疑惑，於是我向她解釋。）我指的不是哲學上的**為什麼我們存在這裡**——我指的是機器人大會為什麼要在這裡舉辦。在曼斐斯。策展單位就喜歡這樣；連結城市與展覽主題。曼斐斯與《科學怪人》一樣都兩百歲了。

您想說的是？

科技。AI。人工智慧。《科學怪人》為我們打開了創造生命的想像願景——第一個不屬於人類的智慧體。

那麼天使呢？（克萊兒嚴肅地望著我。我遲疑了一會……她在說什麼啊？）

天使？

沒錯。天使就是不屬於人類的智慧體。

哦，這樣啊。但我指的是由人類創造，第一個不屬於人類的智慧體。

曾經有天使來拜訪過我，雪萊醫生。

---

1 Martin Luther King, Jr. 金恩博士的姓氏King與「王」相同，故芮有此一問。

那真是太棒了，克萊兒。

我對人類想扮演神的角色這種事非常不以為然。

我懂。希望我剛才沒冒犯到妳，克萊兒。

她搖搖頭，油亮烏黑的長髮隨之擺動，一面指著城市地圖。

您問我為什麼他們在一八一九年就叫它曼斐斯——答案是因為我們座落在河畔——也就是密西西比河——古老的曼斐斯也在尼羅河邊——您有看過伊莉莎白・泰勒扮演的埃及豔后嗎？

有的。

您知道那些都是她自己的珠寶嗎？真的很誇張耶。

（我也覺得很扯。）

沒錯，都是她自己的，大部分都是李查・波頓送的。他是英格蘭人。

威爾斯人。

威爾斯在哪？

一樣在大不列顛島上，但不是英格蘭。

我每次都搞不懂。

聯合王國：聯合王國由英格蘭、蘇格蘭、小部份的愛爾蘭與威爾斯組成。

原來如此……呃……好喔。我近期應該是不會去啦。所以我不用擔心走錯。好了，我們來看看地圖吧，這裡就是我們現在的位置，有看到三角洲地帶嗎？這也很類似埃及曼斐斯附近的尼羅河岸區域。

妳去過埃及？

沒有，但我去過拉斯維加斯。栩栩如生。跟埃及超像的。

我聽說賭城有個動畫版的獅身人面像。

沒錯。

那就可以稱之為機器人。

你想叫它什麼都好，但我不會這麼說。

妳對這城市的一切都瞭若指掌嗎？妳的曼斐斯？

我希望自己瞭解得夠多，雪萊醫生。假使您對金恩博士有興趣，您一定要去國家民權博物館走走，它就座落在原洛林汽車旅館的位置，也是他被暗殺的地點。您去過嗎？

還沒。

您去過優雅園了吧？

還沒。

比爾街？曼斐斯藍調發源地？

還沒。

您生命中有好多「還沒」喔，雪萊醫生。

她說得對。我這輩子總是模擬兩可、牆頭草、腳踩兩條船、猶豫不決、不是處於過渡，就是處在實驗階段，幾乎可說是新創公司（難道算是科技新貴？）。

我說，生命只活一**遭**是不夠的……

她朝我點點頭：嗯哼。**可不是嗎**？就是這樣沒錯。但別氣餒。看不到終點的人生才更教人絕望呢。

克萊兒望向不遠處，眼神自信閃亮。她問我願不願意星期天和她一起上教會。真正的教堂，她說，不是白種人那些連外表也刷得白燦燦的教堂。

她的耳機噼啪作響，某人傳來我聽不清楚的指令。她轉過身去，透過擴音喇叭宣佈事情。

我的心思繞著沒有盡頭的人生以及不只一遭的生命打轉，我們對兩者的欲求有何差別？能否同時擁有二者？

也許同時存在兩個我。要是我能複製自己——上傳我的心智、3D列印我的肉體，那麼一號芮走進優雅園的同時，二號芮正瞻仰著金恩博士聖地，三號芮則在比爾街賣藝，演奏藍調。隨後，三位芮可以聚首見面，分享一天的經歷，再組裝回原本的我，也就是我認定的真我。

你的本質為何，你如何構成，
讓數以百萬計陌生身影追隨著你？

克萊兒轉頭對著我微笑，我開口，但其實是講給自己聽，**我不想永生不死**。

您說什麼？她俯身靠向我，眉頭緊皺。

我說，擁有看不到盡頭的人生。我不想永生不死。

克萊兒點頭，揚起畫得完美無瑕的眉毛：

嗯哼。我打算與耶穌同在，但您請自便。

謝了，克萊兒。妳參觀展覽了嗎？

沒有，我是場管，不是主辦單位的人，所以對要舉辦的活動我知道得不多。

妳看過機器人了嗎？

自助餐廳有機器人服務，用餐經驗很差。

怎麼說？

例如它們送來你點的「蛋」，你說：嘿！我沒點番茄啊！它們只會回答，謝謝您，女士。祝您今天愉快！然後就往噴水池滑走。它們用滑的，因為它們還不會走。

對，它們不會走。走路對機器人很困難。但要有耐心，克萊兒，記住——機器人只要碰到意想不到的事就很難運作下去。

克萊兒瞪著我，彷彿我是什麼需要特殊照顧的病人。

連一顆番茄也**意想不到**？

重點不是番茄——是妳對番茄的反應。

克萊兒搖頭。知道嗎？醫生，我媽一輩子都在深夜餐館工作。從傍晚六點忙到早上六點，才餵飽了我們一家人。她單手就可以將醉漢扔出門外，另一隻手還能抽空幫忙餓肚子的小朋友。她沒念多少書，但她的人生智慧可半點不假。

這是很好的觀點，我回答，我尊重。

而且這裡本來甚至沒我的事，克萊兒說。我是緊急支援組。我從全球燒烤冠軍錦標賽被調了過來。

哇！燒烤大賽！

就是啊，克萊兒開始滔滔不絕。曼斐斯一年有超過十萬名觀光客前來角逐冠軍——壯觀的燒烤場面——您不知道嗎？

不，我不知道。

我一開始在**醬料組**——我負責**醬料摔角大賽**——把四十加侖大桶裝的燒烤醬倒進場子裡，然後跳進去混戰！沒錯，直接跳進去！狠狠幹上一架！場面很混亂，但是超級好玩。

克萊兒，妳有親自下場打醬料摔角嗎？

親自下場？沒有啦，雪萊醫生。
但妳辦了這場比賽！
不行啦！我只負責競賽籌備。
哦。我懂了。（暫停。）味道不錯吧？那些醬料？
那當然！身上的醬料味道得花好幾個星期才會不見，這期間城裡每條臭狗都會跟著我回家。不只四條腿的，兩條腿也有，懂我意思吧？我負責整個活動進行——拉贊助廠商、說明展示、籌備比賽、準備獎品等等。
妳太強了，克萊兒。
我也覺得。我是自己領域的專家。
妳看起來就像個專家。也許是髮型的關係。妳的髮型很上道。
謝了，雪萊醫生。您還有什麼想要問我的嗎？
妳願意陪我一起逛展覽嗎？也許會讓妳稍微改觀。我可以一面解釋。我對機器人還算懂一點皮毛（愛情就一竅不通了）。
我是基督徒，雪萊醫生。
《聖經》沒有反對機器人啊。
《聖經》裡頭說不可為自己雕刻偶像，也不可做什麼形象。這是十誡之一。
機器人算是偶像嗎，克萊兒？

它跟上帝賜予的人類形象幾乎一模一樣。

像到栩栩如生？

我不會把這種外形的相似稱作「有生命」。如果我們說機器人有生命，就是在自欺欺人。只有神可以創造生命。

克萊兒，妳確定嗎？

我不想冒險，雪萊醫生。我得為我死後的永恆著想。

從長遠來看是這樣沒錯……

沒錯，就是這樣。

一位身穿緊身皮褲與寬版鹿皮流蘇外套的年輕女子衝到櫃檯前，打斷了我們，她甚至完全沒意識到自己打擾了我們的談話。

她說，我要找「智能愛動」，他們的攤位在哪？

克萊兒回答之前深吸一口氣。小姐，您是參展廠商、展示人員還是採購？

我有急事！

哪方面的急事？

女子皮衣皮褲下的身軀氣得發抖，她說，我不小心把照片貼到臉書上了，我那時正在用「智能愛動」，除了兩條流蘇外，全身光溜溜的。

那可很不「智能」，我插嘴。

女子狠狠瞪我。

這嚴重侵犯我的隱私！我需要跟攤位上的展示人員反映！他們之前教了我怎麼使用按摩棒上面的鏡頭。我知道它有遠端遙控功能。但他們沒告訴我要是沒有重新設定，它就會自動遠端上傳到我手機的預設軟體。

克萊兒緊抿嘴唇，走到電腦螢幕前。我看見她修剪整齊的手指一個一個字地打出「智能愛動」。我問女子——弄清楚這些事就是我此來的任務——為什麼會有人想用附鏡頭與遠端遙控的情趣按摩棒？

她的表情綜合了憤怒與輕蔑。說道，遠端性愛。

什麼？

她問，你從來沒**聽過**遠端性愛嗎？

很抱歉，從來沒聽過。但我是英國人。

她聳起眉毛，彷彿說道：**那你跑來這裡幹嘛啊？大哥？**

她嘆了口氣。（非常沉重的一口氣。）她解釋，這東西的概念呢，最主要就是與自己的伴侶，或伴侶們，可以各自在不同地點，享受性愛遊戲。感覺就像跟他們共處一室——一起做愛做的事。

真的嗎？

真的。而且還能分享照片。

給臉書上所有的朋友？

這根本不干你的事好嗎？

但妳現在才來講究隱私也有點遲了吧？

我還以為她要揍我了。還好克萊兒重新加入戰場。

小姐，請問您的大名是？

波莉Ｄ。就只有姓氏縮寫的字母Ｄ。我在名單上。

我們沒有什麼名單，小姐。

貴賓名單。我替《浮華世界》雜誌工作。

我們沒有什麼貴賓名單，Ｄ小姐。我已經連絡了這間公司。「一**槌定陰**」不久就會派人過來。

哈哈——好個一語雙關，克萊兒，我說。

現在連克萊兒也瞪著我。她交叉雙臂，一副準備對我說「謝謝再聯絡」的姿勢。

我還有工作要做，雪萊醫生，我想您也該去忙自己的事情了。「成人未來區」在您左手邊，沿路都有指示標誌。

他是搞色情產業的嗎？波莉D問。我是說，他很明顯不是真正的醫生。這傢伙到底是誰？是那種色情片裡的變態怪醫嗎？

我沒理她。多謝妳的協助，克萊兒。祝妳好運喔，波莉。

我轉身離開，聽見身後傳來一聲：

混蛋！

在前往「成人未來區」的路上，我經過了「奇點區」。有個大螢幕正在播放伊隆・馬斯克與雷・庫茲威爾的訪談，討論「奇點」——也就是人工智慧將永遠改變人類生活方式的那一刻。還有一些年輕人身穿印著「你可以不吃肉」的T恤。

當然這不是指未來大家只能啃植物——只是他們相信，不久之後，人類的心智——我們的心智——將不再受縛於以肉為基底的軀體。

但目前我們仍然身而為人，而且太像人了（你只要多想幾下，就會發現這說法真是奇怪），百分之八十的網路內容都與情色脫不了關係。第一個走入我們家庭的非生物生命形式不會是有番茄辨識障礙的服務生，或是給小朋友的可愛小外星人。我們就從人之初開始：最佳起點。性。

*

有個手裡揮著兩支手機、頭戴耳機的傢伙將我趕進了「成人未來區」。這位老兄的身材體格跟夜店保鏢類似：胸膛厚實、壯碩結實、身材不高，手臂粗壯，西裝皺巴巴的，而且汗流浹背。沙發前面的茶几擺了一排可樂。朗恩．洛德開了其中兩罐，遞了一罐給我。

這裡離三雞村很遠對吧？芮恩？

你說什麼？

三雞村。威爾斯的小村莊，我開創未來的出發點。

這是很有野心的說法，朗恩。

我本來就很有野心，芮恩。你自己去看谷歌地圖。三雞村。我媽有點會通靈什麼的。她說這就是徵兆。我在三雞村打造了自己的第一具性愛機器人。郵寄的組件娃娃。她的零件分裝在不同包裹，寄到我家，打開時簡直就像分屍命案現場。我只用一把螺絲起子，看著組裝教學影片就把她兜了起來。真的，這就是成人的樂高玩具。

我知道你一路從底層做起，我對朗恩說。

沒錯，我是從她的屁股開始組裝的。洛恩說。

沙發坐著一個與真人體型相彷的娃娃，柔軟棕髮落在她肩上。娃娃身穿牛仔外套與熱褲，浮球大小的胸部驕傲撐起了內搭的粉紅小可愛。

就是她嗎？你的第一個愛人？

給點尊重，芮恩！我的一號愛人已經退休了。她甚至不是大規模生產的機種。她還在，我愛她，但她已經是古董了。這邊這一位是我未來要主打的加盟產品。

看好了！準備好了嗎？用你的手機錄起來！快啊！

朗恩將娃娃從沙發拉起來，指著她下方一張亮粉色的座墊。上面寫著**小野貓**。

看見這張墊子了嗎？朗恩說。這是智慧座墊。她坐在你旁邊時，可以一面充電。它也可以在車上使用——只要插進點煙器的插孔就開始充電了。電極藏在她的屁股裡。

你看這個——（肥肥的手指滑過 iPad 螢幕）——這裡是製造娃娃的工廠，在中國。最先做出來的是軀幹，就是在輸送線上搖搖晃晃的那玩意兒，接著還要挖出兩個洞才算完工，到這一步就已經能使用了，然後再裝上模製的F罩杯乳房。我正在研發可拆卸式乳房，各種尺寸顏色都有，但是中國那邊還做不出來，技術要求太高了。你看，有這種身材，還有這種跟這種（他有點不耐煩地滑動螢幕畫面）。找到了！你有看懂手臂是怎麼裝上去的嗎？細緻修長的手臂。然後是腿。看看這長腿！這腿型！我們會做得比正常人體稍微長一點。畢竟是幻想嘛，又不是天然的最好，所以你想怎麼搞就怎麼搞。頭髮最後再來，先貼上睫毛。看看那雙眼睛，就像男孩專屬的小鹿斑比。

朗恩將娃娃放回沙發，灌了可樂下肚。他說，而且重量超輕。男人會覺得自己很強壯。

那麼你的性愛娃娃加盟體系要怎麼運作？我問。

*

我是認為，朗恩說，性愛機器人有兩種經營方法：買回家，擁有她——像我一樣——然後視損耗程度，一年帶她進場保養個一兩次。你只要上網就可以買到全套配件，她要是哪裡壞了或那裡髒了就買來換上。這是第一種享受X愛娃的方法。我們還提供舊換新與升級。非常有彈性。

另一種享受X愛娃的方式更符合現代需求，就是出租服務。這就需要專門出租的店家，對吧？這就是我想要找人加盟的緣故。

你的X愛娃？

沒錯！芮恩。這名字不錯吧？

很讚，朗恩。

知道嗎，芮恩，租娃娃同樣樂趣多多，而且少了很多麻煩。毀損、收納、更新——科技日新月異。

而且大多數男人只買一個機器人，供個人使用，但如果想開趴怎麼辦？你那群兄弟怎麼辦？大夥都會想嘗鮮的。

租娃娃會在男生專屬的週末活動大受歡迎；一次來六七個女孩，好玩又刺激，而且款式百百種，金髮豐滿型、黑髮健美型。應有盡有。還有老婆不在家的老公呢？老婆們可不像從前一樣一天到晚守在家裡了。這不怪她們，女人又不是金魚。她們已經進化了。但，就像我媽說的，女權解放會是男人的一大麻煩。

當你空虛寂寞時，比起真正的女人，租個機器人是更安全也更便宜的選擇。不會染病，不會事後被散播性愛影片，不必擔心自己的勞力士錶在凌晨兩點被搶。我自己就認識一位商場女強人，她每次都會提前預訂下一季的娃娃。

怎麼啦？沒錯！這就是重點，芮恩。她為她老公預訂X愛娃。他超愛的。他永遠不知道自己會收到什麼型號。這是他們之間的情趣。我覺得滿感人的，夫妻像這樣共同經營某件事情。

每個租出去的娃娃都會徹底消毒、清洗、噴香水，沒錯，還有四種香味可選：麝香、花香、木質香或薰衣草香。你領到的她會像這邊這位一樣，全身牛仔打扮——或是就穿著一件簡單的洋裝。其他裝扮配件可以額外租用或購買。

又怎麼啦？沒錯，就跟芭比娃娃一樣。沒錯，我覺得你說的對，很好笑吧？男生怎麼小時候碰都不碰，長大了才開始玩芭比娃娃？哈哈，我沒聯想到這個——但這想法不錯。我媽聽了一定會大笑。喔，對了，我媽從我創業第一天就是我最得力的事業夥伴。

還有，我們提供租借的娃娃還會在休息時間進修喔——我們不斷在優化她們的電路板。她們會的字彙不多，用不著，你也會看色情片對吧？你也知道看片子不是為了學語言吧？但是我們注意到了一點——男人喜歡溝通。光會講「哈囉，大屌哥」是不夠的。

你說什麼？機場服務？怎麼這麼巧，這正是我的下一步。我想跟一些租車公司合作——沒錯，像安維斯——行李一拿，車子一租，你的X愛娃已經電力滿滿，等在副駕駛座了。

X愛娃是出差旅行的最佳良伴。她不會囉唆要停車吃午飯或吵著要上廁所。也不會埋怨你訂的飯店太爛。她默默陪在你身旁，音樂任你挑，旁邊還有長髮長腿的美女相伴。

如果你不想搞得大家都知道，你可以將她對折，固定在後座，或是丟進後車廂或行李廂。畢竟不是每個人都像我這麼大剌剌的。

你看，就是這樣，看見沒！我再做一次。你有錄下來嗎？你看我的動作，太簡單了，只要把雙腿抬起來再對折。好啦，她剩下一半大小。你可不見得約得到這種筋骨軟得像特技演員的女人呢。

很讚吧？芮恩？就像布朗頓折疊腳踏車！

一旦無人駕駛汽車開始普及，客人就可以跟著X愛娃一起坐進後座，來場盡「性」之旅。這一趟下來肯定徹底抒壓。

我接下來會去找 Uber 談。

對了，我的加盟模式跟租車業很類似，甲地租乙地還。我有五種X愛娃任君挑選，包括沙發上這位經濟型。她是最便宜的。

她的頭髮是尼龍材質，所以你可能會被靜電電到，而且她運轉起來有點小雜音，但她很不錯，直接了當，不囉唆，划算到爆。

看見沒？三個洞的尺寸一模一樣。不對！不在同個地方！你有和女人睡過吧，芮恩？你覺得洞要開在哪？前面一個。後面一個。嘴巴一個。不是鼻孔啦！鼻孔大得跟喜馬拉雅雪怪一樣像話嗎！

好啦，我知道你是在開玩笑。我明白。現在給我專心點——把手指放進去！

喜歡嗎？全都會**震**——**動**喔！每個洞洞，各種姿勢。全都會震起來！

四肢的可動性也很棒。全都任你擺佈，什麼姿勢都行。所有的娃娃都可以劈腿劈到超級開。這點很受客戶歡迎，特別是肥宅。

這隻也會說話。她對聲音的反應有限，但是夠了——很像去到國外認識了一個不太會說英語的女孩。

她有名字嗎？朗恩？

朗恩讚許地點點頭。這是個好問題，芮恩，對此我有個好答案。我決定不要替我的女孩們取名。不，她不是你打算等會就要吃下肚子的羔羊，而比較像是你可以買到的那種超高檔油漆——是啊，我家才剛重新裝修——我是說，那些油漆都有色號，畢竟我眼中看到的顏色，對你來說可能是不一樣的色調——又萬一你是色盲呢？你看，他媽的什麼叫作憂鬱藍？什麼是溫伯恩白？你覺不覺得溫伯恩白聽起來很娘炮？我就這麼覺得。還有毛驢棕？誰說每頭驢子的棕色都一樣？我爸就是養驢的——是啊——說來話長。今天就先不提了。跟我的私事無關。

＊

回頭聊這些女孩吧，我可以叫她們火山、深秋或雪莉之類的，但客戶可能會想叫他的深夜鳥兒朱麗……所以就讓客人自己替他的小鳥取名吧。

這年頭沒人叫自己的女人「鳥兒」了，不是嗎？但我一直很喜歡。牠幾乎總結了女人的特質——我沒有負面的意思，你別誤會了。鳥兒……總是沒法握在手裡。不是嗎？你以為她已經在你的手臂站穩了，結果一轉眼她就飛走了……

而且她們似乎很喜歡蟲子。

好了，芮恩，回到我的經濟型。以汽車術語來說，她就是布套座椅加上塑膠方向盤。但她可以穩穩帶你「到達」目的地。

這一型只有白人。

我大嫂是可愛的黑人小姐，牙買加人，她老實告訴我說，朗恩！你那些經濟型敢給我做成黑人試試看！我愛女人，我打從心底愛她們，於是我心想，也對，尊重才是王道。我要有膽這麼做，布莉姬會把我打趴的。

要不要過去看看「巡洋艇」？就是窗邊那位。這小姐的馬力媲美小艇，有鄰家女孩的感覺，不過可要風騷多了。「巡洋艇」的身材更為豐滿，配備優秀的氣動裝置，軟墊飽滿，摸起來更柔順舒服。那對奶子就像枕頭一樣，這是我媽的點子。她對我說，朗恩，有些男人就是喜歡蜷起來睡，讓他們回到小男孩的時光。

摸摸看！最頂級矽膠奶頭。我不用塑膠——塑膠奶頭摸起來跟硬梆梆的頂針沒兩樣。一定要有彈性。如果你喜歡奶子，你就知道這點不能隨便，我自己愛奶子愛得要命。

走去她背後，來啦！我把洋裝拉高，沒錯！丁字褲。大受歡迎，可愛的小屁股搖來晃去——好摸柔軟的矽膠。她的電池容量更大，所以我們可以讓她的某些部位摸起來更溫暖。

我這些女孩的體溫或許比活生生的女孩低。沒錯，冷冰冰的，比不上活人。肉體還是王道。但我的女孩躺在你們下面時不會黏答答的，不像那些噁心的充氣娃娃——簡直就跟躺在海藻上沒兩樣。老天，我超討厭充氣娃娃，你不會嗎？跟用保鮮膜把老二裹緊緊的感覺差不多。

再來，芮恩，我們趕快換來這邊……這位穿網球服彎腰撿球的——她是我們的「銳襲」型號。

身材結實健美——腰束奶澎，雙G罩杯——我告訴你，她的奶頭跟小穴都是暖的。不只有電池還有加導熱層，續航時間長達三小時。男人通常不到四分鐘就射了，三小時算是很看得起他們了。你開趴的時候可以在兄弟間傳來傳去，沒輪到的就在旁邊打牌，不用擔心她會消風。以前這些娃娃消風之後連話都說不清楚，還會有運轉的風扇噪音。我不是要漏其他業者的氣，但對我來說這有失專業。

你喜歡她的露跟網球鞋嗎？經濟型的沒穿鞋。光腳也很可愛，就像那齣法國音樂劇《悲慘世界》。

提到法國，我不知道你有沒有跟機器人做過——等會你有興趣請隨意，別客氣——但我保證，事後不會上演什麼《日安憂鬱》之類的狗血情節，也不用懷疑她到底有沒有高潮。我所有的女孩都會跟你一起高潮。

沒錯，觀察入微，芮恩，確實如此。「銳襲」比其他同伴高。她大約一百六十二公分——其他女孩大概是一百五十八公分。我們特別做得小一點好迎合中國與亞洲市場。這些則是專門提供給英美客戶的型號。

我有想過來做個超模款，但有點不切實際。現實人生中，超模的唯一意義就是拿來對自己的兄弟炫耀——不然她們真的是太瘦了。不吃不喝，而且不給……你懂的，她們很挑食。我的女孩們很實際——天生就是要服務——因此我讓她們維持恰到好處的尺寸。

真的，市場上也有些體型迷你的小女孩——看起來就像是兒童一樣。我不碰這塊，我心裡有一把尺。

你也**可以**買一些加裝了居家模組的女孩。她們會跟你聊動物、講故事，有的沒的，就像是迪士尼版的艾曼紐夫人。但我嚴格守住**成人娛樂**的底線。沒有模糊地帶。所以目前為止，我們沒有生產兒童身材娃娃的計劃。

你還在錄嗎？很好。

螢幕後面有一張床——僅供展示，所以請不要脫鞋，芮恩。想像一下，回家一打開門，這位美女就迎上前來。事實上，我打開家門第一眼看見的正是這位美女。我有個人專屬的「極樂」。

「銳襲」有的，「極樂」全都有，只是沒有那麼健美——當然她們摸起來都很結實，滑順、凹凸有致，不像舉重選手。總之，極樂，顧名思義，所有的用料品質都是最極致的，而且裝上了真正的毛髮。

裝在哪裡？當然是裝在頭上啊，不然呢？你跟女人上過床，對吧？

老天，當然沒有啊，我才不會在**那裡**裝真毛！半根鬼毛都不裝，這樣乾乾淨淨的多好。反正沒多久你馬上就會把毛弄得濕答答，爛成一團！

這一款我們會要求兩倍訂金，因為是真髮，所以要先簽切結書，保證不會把酒灑上去，或在上面抹些食物、屎、尿什麼的，也不能射在頭髮上。

會有人這麼做嗎？很遺憾，但的確有。我自己不會，但有些人會。尼龍頭髮比較無所謂——替換成本很便宜。我們直接扒下來換新的就好。但好東西，貨真價實的頭髮不一樣——我是站在女士們這邊的，真的。誰會想被變態射在頭髮裡啊？

是啊……太噁了。

就我個人而言，作為女人——雖然我是男的——我一定很討厭那種到處亂射，但就是不射在該射的地方的傢伙。我吃東西很挑食。我不愛優格或卡士達，或著什麼法式烤布蕾，還有什麼勾芡、白醬、羊脂。我不怎麼喜歡香蕉果昔，我超討厭杏仁牛奶。天啊，杏仁牛奶？搞屁啊？這什麼鬼？我的醫生還想說服我每天喝，養成習慣。說是為了膽固醇著想。我說，老兄啊，我寧可心臟病發。

「極樂」的字彙庫很豐富，大約有兩百字。「極樂」也會聽你想聊的內容——足球，政治或其他什麼都好。她會耐心等你說完話，不會打斷，就算你講得含含糊糊也不在意，而且她還會接話，回答一些有趣的內容。

像什麼？哦，嗯，比如說：**芮恩，你好聰明喔！芮恩，我都沒想到耶！芮恩，你熟不熟皇家馬德里隊？**

對啊——這就是我說的，她們是受過教育的。氣候變遷、英國脫歐、足球都能聊。這型號會是個好伴侶——我們跟上科技的進步，多元拓展她的職業技能。

有些男人想要的不只是性愛。我懂的。

再過來看看「絕代」。我愛兩件式套裝跟藥盒小帽。這是我從復古情色網站得到的靈感。她的打扮也許過時了，但可以替派對增色不少。

也有很多大叔跑來我們這邊找青春性感的小東西——這些傢伙大多不太有錢，負擔不起現實生活中的女孩——現在找年輕女孩很花錢的。而且，說真的；男人多半偏好一盒人工培養的草莓，而不是一盤天然棗乾配卡士達。

我們提供的是幻夢，不是現實。

「絕代」很有年代感，像是從五〇年代走出來的一樣。就像ＢＢＣ頻道的《世界之聲》——你絕對不會相信那聲音有多棒——我們找了ＢＢＣ第四廣播電台的主播配音。當然不能告訴你名字。我可是付了她一大筆酬勞呢。

要不「絕代」也可以套上六〇年代的迷你裙與嬉皮珠鍊，唱著〈我得到你了，寶貝〉。她的嘴不會動，你搞她臉的時候，不會希望她動來動去，對吧？

我甚至有個七〇年代的女性主義者娃娃，不穿胸罩，一頭亂髮，隨身攜帶假陽具。沒錯！你真聰明！她可以從後面幹爆你！沒有，我自己沒試過。這些娃娃我全都玩透了，但我沒有那方面的偏好。在辦公室我們叫她珍曼。她是唯一有名字的娃娃。你讀過那本書嗎？我媽告訴我的。我才翻了幾頁，但內容跟我想像的不一樣。有誰會要她？一些性虐狂。還有大學教授。

這些女孩各種膚色都有：黑色、棕色或白色。如果你有興趣，「絕代」還可以拿著絨毛手筒。早年的那些色情演員會戴海狸帽之類的，有些男人很喜歡。所以我們有客製服務，但僅限「絕代」。如果你不確定自己喜不喜歡搞得滿臉是毛，我們會把暖手筒附在包裝裡，另附專用膠水。我們要求客戶不要用自己的膠水。黏錯邊的話，你只能把那塊絨毛裝在臉上當成假鬍子。

客戶多半是老人嗎？沒這回事。各種年齡職業都有，芮恩，性愛就是民主。對年長者而言，我特別覺得自己是在做公益事業。你應該替我特別報導這一點。六十五歲以上的長輩我們會打九折，每星期一再額外優惠九折。沒多少人喜歡在星期一開搞。

不過我告訴你——這聽起來有點哲學意味——但我可是認真思考過的——只要是性愛機器人，未成年性交就算不上什麼大事，十六歲以下也沒關係，所以我們也有學生想嘗鮮——沒錯，都是男生，當然都是男生，我想這比暗戀冷得像是冰山一樣的女同學有意思多了。

沒錯，無論老醜胖臭，有性病、沒錢花、硬不起來、軟不下來，X愛娃都能滿足你的需求。

這就是我說的公益事業。我認真這樣想。你覺得我有沒有可能獲封爵士？我媽一定會超開心。

女人？女人怎麼辦？你是女性主義者嗎，芮恩？我不是，但我媽是，不要以為我們威爾斯是什麼窮鄉僻壤。

的確有男性機器人，但我沒接著搞下去。為什麼呢？

結構問題，芮恩。人體基本結構。你上過醫學院，一定很瞭吧？

基本上，男版機器人就是裝上軀體的按摩棒。他就像櫥窗裡的模特兒假人，裝著一根沒啥鳥用的老二。他不會從後面衝刺幹她。她一定得坐在他身上，自己上上下下搖，那很累耶，要不就是得將他放在身上，對準後再開始震動，跟攪奶昔沒兩樣。一樣累。而且洗泡泡浴、燭光晚餐、一起聽情歌，女生喜歡的那些情調，這傢伙全部沒辦法，一點都不好玩。

女人更喜歡手持按摩棒。更好操控，宅配方便，還可以同時追劇。我做過市場調查了，不是我自己做啦，這部份由我媽負責。我媽？喔，對，她從第一天就很投入。

還有男性機器人的身材比什麼都來得重要。女性機器人可以很嬌小，就連瑞典人也喜歡這種嬌小體型。但如果把男生做得這麼迷你，那就太滅火了，很像是在跟妳的兒子上床，女人可不買帳，至少大部分都是如此。她們喜歡肌肉男，但要是機器人做得太強壯，女士們也不可能帶來帶去。而且在一間小公寓裡，沒有要辦事的時候他很礙眼——你瞭嗎？你需要一點私人空間的時候，可不能把他趕去外面喝啤酒啊。

還有，女性傾向開小車，努力把巨石強森款的機器人塞進小雷諾，一定會引人側目。如果我們可以打入夜店市場——這很有可能，因為我不知道我賺來的這些錢要拿來做什麼——我也許會去牛郎店試試水溫——給大家玩玩也好——就像騎機器野牛？我如果搞定了機動裝置，女士們或許會喜歡坐上去的感覺。我從之前修理烤麵包機的經驗裡得到了一點靈感。

這是全球化的市場，也是未來的市場。

我跟你說說中國的一些情況，芮恩。一胎化政策？謝天謝地已經喊停了。好多被勒死的女嬰就這樣丟棄在稻田裡。數百萬的中國男人永遠都找不到女伴，因為女性人口短缺。沒錯——一切就是因果循環，就像迴轉壽司——你以為這在他們的預料之中？結果根本沒有。中國市場大得看不見盡頭，這就是為什麼他們蓋了這麼多工廠——而且他們喜歡各種新興技術，坦白說，很多中國男人喜歡機器人，因為他們喜歡順從的女人。現代中國女性太獨立了。我去過在那裡的工廠，我親眼見識過。

總而言之，我即將在威爾斯開一間自己的工廠。中國不能為所欲為。展現一點競爭力吧，我說，假使他媽的美國人繼續整天跟中國搞貿易戰，誰知道會有什麼結果？中國生產的性愛機器人可能會衝上天價。

媽說我們應該學學卡爾．馬克思，把生產的流程方法都牢牢掌握在手中。

除此之外，我也想回饋鄉里。威爾斯的失業率很高，芮恩，這不是英國脫歐之後才有的現象。他們用選票投出了「威爾斯人民共和國」，就像是世界上那些不顧死活越界，滿腦子只想著開出新礦的人。

威爾斯的資金預算全來自歐元基金，但威爾斯相當排外，我覺得來點外來移民刺激是件好事——不然當地人近親繁殖到腦子都壞了！脫歐！天啊！還不如種一排韭蔥高牆把威爾斯圍起來！

所以我得盡自己的一份心力。我要開一間能夠生產整具機器人的大工廠。從頭到腳。我現在的工作坊規模不大——有企業資金投入——只負責頭部製作。這需要手巧的工匠。威爾斯人很擅長手工藝……茶巾、陶器等等。

現在也有很多髮型設計師沒工作，因為大家沒錢做頭髮，現在威爾斯人民共和國裡真的只剩威爾斯人了。

我為什麼需要製作額外的人頭？

許多X愛娃的臉都被揍凹了。或是被扔到牆上什麼的。我認真考慮過把鼻子改成可拆卸式的，你也可以改變人臉的造型，但這實在很繁瑣，所以我想從備用人頭開始做比較好。性愛有時候很粗暴，對吧？我是沒什麼意見啦。

我也想製造戶外款，禁得起風吹雨打，像是《古墓奇兵》的蘿拉。要做這款一定需要自己的生產線。戀物癖的市場或許也是條路。女王調教、打屁股。中國人不搞這個，但我想英國人會喜歡。我正在和開拓重工跟JCB談。

這就是未來，芮恩。

你要來看我的現場秀嗎？看女孩們實際運作？來，iPad上有一小段影片你先過過癮。你覺得音樂如何？〈漫步曼斐斯〉。我好喜歡這首歌。我最愛的一段歌詞——有個美麗小東西等待著王者降臨……她們全都很美。而我們全是王者。

你說什麼？這會不會讓現實人生更難熬？

這年頭究竟什麼才叫現實人生呢？

本書豐沛狂野的幻想前所未見，然而，正如當代多數小說，它也隱然帶著一絲寫實氣息。

《愛丁堡雜誌》，一八一八年

人類承受不住過多的現實

所以我們才創造故事，我說。

如果我們才是自己故事的主角呢？雪萊問。

大家仍困在雨中，我只能不斷寫作，持續寫作。

克萊兒坐在角落做針線活。波利多里忙著照護他受傷的腳踝。為了證明對我的癡情，昨天他從窗戶一躍而出。這是拜倫的鬼點子。這傢伙一無聊起來就是個危險人物。

我們成天就是喝酒上床，拜倫說。這也算故事？

肯定暢銷！波利多里說。

我們睡覺。我們用餐。我們工作，雪萊答道。

是這樣嗎？拜倫說，他正在節食減重，而且，他夜夜失眠，四下瞎走。他的超自然故事找不到主軸，他說，儘管他一心想激起大夥的好勝心，讓我們這幾個人搞出點名堂。太煩躁了，我們真的太煩躁了。

波利多里倒是忙著撰寫自己的故事。他稱之為《吸血鬼》。人類之間的血液往來是他感興趣的題材。

*

或許是為了自娛，也或許是為了分心，男士們開始討論起我們最近在倫敦參加的幾場講座。雪萊的醫生威廉·勞倫斯發表了一場「論生命起源」的演講。勞倫斯醫生認為，生命源自於大自然。它並沒有任何「增添其上的外來力量」，例如靈魂。人類單純就是由骨骼、肌肉、組織、血液組成，如此而已，僅此於此。

這論點當然引起軒然大波，反對者質疑：**所以人跟牡蠣沒有區別？人類純粹只是擁有「豐沛的腦容量」的紅毛猩猩或人猿？**

《泰晤士報》也表示：勞倫斯醫生無所不用其極，只為了證明人類沒有靈魂！

然而，我對雪萊說，你卻如此深信靈魂的存在。

是的，他回答，我相信喚醒自身靈魂是每個人的任務。靈魂不滅，不屈從於死亡或腐爛；靈魂的存在，讓人看見了真理與世間的美好。假使沒了靈魂，人就與野獸沒兩樣。

那麼，人斷氣的時候，靈魂去了哪裡？拜倫問。

這還沒有人知道，雪萊回答；我們該關注的，不是它的去處，而是它的**養成**。生命的奧秘就存在於我們周遭的這片大地，不假它求。

雨水也落在這片大地上，拜倫說，他瞪著窗外，看起來就像個不知所措的神祇。他只想騎上他那匹母馬，心情越來越躁動不安。

人終究一死，波利多里說，因此，我們不需要按照別人的心意生活，只須隨心所欲就好。他看著我，一手放在褲檔上。

生命除了滿足我們的欲望，就沒有其他事好做了嗎？我問。難道我們不能為了一些更有意義的目的，甘願犧牲自己的想望？

如果這樣讓妳開心滿意，有何不可。波利多里說，要我就寧可當吸血鬼也不要當屍體。

好活才能善終，拜倫插嘴。

沒有人會心甘情願接受死亡，波利多里說道。這都是你自己的想像，但你懂什麼？好活善終又能帶給你什麼好處？

名望，拜倫說。

名望全是過眼雲煙，波利多里說。你褒我貶，說長道短——還不都是閒言閒語？

你今天是哪根筋不對啊？拜倫問。

有毛病的是你吧，波利多里回答。

雪萊摟著我，將我拉向他。我愛妳。妳，親愛的瑪麗，妳是最活潑潑的生命。

我能聽見克萊兒的針刺進她手中的掛毯。

活蹦亂跳，呵！活蹦亂跳，呵！波利多里在沙發扶手打著拍子一面唱著，拜倫皺起眉來，一跛一跛走到窗邊，他一打開窗戶，雨水就直接打上了克萊兒。

你夠了吧？她立刻跳起身來，像被人刺了一下，同時大聲抗議拜倫竟然笑她大驚小怪，她坐進另一張椅子，粗魯地整理起她的毛線團。

死亡是生命的贗品，雪萊說。我一點也不相信它。

等到你繼承你老爸的遺產時，你就會樂意相信了，拜倫說。

我看著他，此人向來嘴上不饒人，冷嘲熱諷，憤世嫉俗。沒錯，他是偉大的詩人，毋庸置疑，但不怎麼溫柔敦厚。人們的優秀天賦似乎無法完全與其言行舉止劃上等號。

雪萊很窮，但他是我見過最慷慨的人。拜倫很有錢，光一年的房產收益就有一萬英鎊，但他的錢只用於個人歡愉。他可以隨心所欲過活，我們卻得錙銖必較，更正，「我」必須錙銖必較。雪萊幾乎搞不清楚自己能花多少錢又該花多少錢。我們永遠負債累累。但假使我能賣掉我正在寫的故事，我們會比較好過。我媽就是靠寫作維生。我打算以她為榜樣。

關於靈魂，我還有話要說，雪萊說。

拜倫發出呻吟。波利多里咳嗽起來。克萊兒更用力縫補她的抱枕套。

我的心思飄到了其他地方。自從我構思出了故事，我便一心只想著它。那越迫越近的人影遮掩了我心裡的其他想法。我的心像是蝕了一塊。我一定得回去找那一度掠過我眼前的巨大人影。

我留他們繼續吵鬧鬥嘴、討論形而上學，自己拿了一壺紅酒，上樓走回書桌。酒多少能減輕潮濕天候帶來的不適。

我在這個故事裡埋下了自己的心願，我得好好思考人類為何與生物界的其他物種不同？而我們與機器的差別又是什麼？

我曾經跟著父親參觀曼徹斯特一家工廠。我看見一群鎮日操作機器的可憐生物，日以繼夜地重複動作。他們就跟機器沒兩樣，唯一的區別是他們臉上的不悅。工廠創造的巨大財富唯有老闆才能享受，這群工人霑不到半點雨露。人類成了機器的大腦與雙手，生命卻悲慘至極。

我年紀較輕時，父親曾要我讀讀霍布斯的《利維坦》。現在我坐在這裡，握筆在手，腦子裡浮現出了霍布斯與他的推論。他寫道：

有鑑於生命不過是肢體的運動，由主體的某核心部分驅使；為何我們就不能說，所有的自動機（由彈簧與轉輪驅動的動力機械，例如手錶）都擁有人造生命呢？

我問自己：何謂人造生命？自動機沒有智慧；它們不過是發條。有機生命，即使是最悲慘的人類，也有足夠的智慧擠牛乳、說出姓名、知道何時下雨，何時雨停，或許也能反思自己的存在。假使自動機擁有智慧……就足以稱之有生命嗎？

雪萊正在精進我的希臘文與拉丁語。我們躺在床上，他赤身裸體，手放在我背上，書放在枕上。我們每多掌握了一個新詞彙，他就輕吻我的脖子一下。我們常常為了愛而分心。我愛他的肉體。討厭他對自己的美好渾然不覺。確實，他認為重視物質噁心至極，但他卻是溫暖的血肉之軀。我躺在他精實的胸前，傾聽他的心跳。

我們一起讀奧維德的《變形記》。

義大利四處可見美男雕像。鬈髮，巍然矗立。好不好親吻其中一位？獻上讓他擁有生命的一吻？

我碰觸過這種雕像，它們冰冷平滑的大理石，一絲不苟的紋理。我雙手抱住其中一尊，驚嘆這沒有生命的精緻人體。

雪萊讀給我聽奧維德故事中雕塑家皮格馬利翁的故事，他深深愛上了自己的雕像，在他眼中，身旁的女人全都不算什麼。他向女神雅典娜祈禱，盼望自己可以找到一位活生生的愛人，如他長凳上那沒有生命的形體一樣動人。那晚，他親吻了自己創造的青春嘴唇。他幾乎不敢相信自己的感受——他感覺到那青春肉體回吻了他。冰冷的石像暖和了。

不只如此……在女神的好意相助下，年輕石像變成了女人——它從無到有，由男變女。皮格馬利翁娶了她。

一定是這樣的，雪萊說，莎士比亞寫到《冬天的故事》的結尾時，也構思讓赫米奧娜的雕像有了生命。她步下台座，擁抱她的夫婿暴君萊昂特斯。因著他的罪過，**時間**凍結成石，而現在，當她開始移動時，**時間**再次流轉。曾經失去的如今歡喜復得。

是的，我說。溫暖的瞬間。吻上雙唇，發現唇瓣漾著暖意。

死後嘴唇依舊仍有餘溫。雪萊說，誰不會躺在心愛的人身邊一整夜，直到屍身冷卻？誰不會將遺體緊抱懷中，瘋狂地想將體熱傳遞給它，讓它重新活過來？誰不會告訴自己，這只是冬天，到了早晨，太陽一定會再度升起？

可以把他挪到陽光下，我不知道為什麼說了出口。

人造生命。雕像復甦，行走。接下來呢？有沒有所謂的人工智慧？發條沒有思想。心靈的火花又是什麼？可以創造嗎？我們做得到嗎？

你的本質為何，你如何構成，
讓數以百萬計陌生身影追隨著你？

黑影吞噬了房間的角落。我沉思著自己心靈的本質，但一旦我心跳停止，我的思想也就此中止。再怎麼細膩如髮的心思，都無法超越肉體的存在。

我想起我與雪萊及克萊兒一路走來的歷程，她是這段回憶的書籤——算不上書籤上有意義的文字，只能算某種標籤。

我準備隨雪萊私奔，克萊兒也決定自己不能被獨自拋下，於是我們說好一起離開，完全對我父親與繼母保密。

在此我必須補充，在母親去世後，我父親無法自己料理自己，於是很快就又結婚了——娶了一個想像力貧乏的平凡女人，但她很會料理。繼母帶了女兒過來，她名叫珍恩，沒多久她就成為先母作品最熱烈的擁護者，並自己改名為克萊兒；我沒有反對。她要重塑自己有何不可？我們是什麼人不是任憑自己定義嗎？珍恩／克萊兒在我父親開始起疑時，充當雪萊與我之間的聯絡人。雪萊和我都很喜歡她，因此當離開斯金納街的時機來臨，我們便決意一起離開。

夜空浩瀚，繁星正如數不清的機會。

凌晨四點。我們腳踩天鵝絨拖鞋，手中拎著靴子，這樣才不會吵醒父親，他為了控制寒顫服用鴉片酊時，總是睡得很沉。

世界逐漸甦醒，我們在街道狂奔。

我們跑到馬車旁，雪萊就在那裡，臉色蒼白，來回踱步，猶如沒有翅膀的天使。

他緊擁住我，將臉埋在我的髮裡，低聲呼喚我的名字。我們簡陋的小包塞得很滿，但突然間我良心作祟，轉身跑了回家，在壁爐上留了一張便條給父親。我不能傷他的心。我這是在騙自己。我不能傷了他的心還一言不發，不告訴他是我傷了他的心。我們向來靠文字互動。

貓咪在我腳邊撒嬌。

然後，我再次出發，一路不斷地跑，我的帽帶滑下脖子，大口呼吸讓我滿嘴乾澀。那年我十七歲。

我們就這麼焦慮疲憊地離開了，匆忙趕到多佛，一路暈船，大船帶著我們來到加萊——我在他懷裡的第一晚，是在一處陰暗的小旅館，外面不時傳來馬車鐵輪在鵝卵石道路奔馳的聲響，但我的心跳卻更加響亮。

這是個愛情故事。

我可以補充的是，繼母找到了我們，求珍恩／克萊兒回家，我想她很樂意能擺脫我。雪萊與我們三人來回討論，爭論愛情與自由。我原本不覺得她聽得進去，但最終她累了，與我們道別。他打贏了這一仗。我們在法國，革命的國度。還有什麼辦不到的事？

事後證明，我們辦得到的事少之又少。

我們的旅程窒礙難行。我們沒有足夠的衣物。巴黎又髒又貴。吃進肚子的食物讓我們常常抽筋，身體也散發出難聞的氣味。雪萊每天只吃麵包配紅酒。我則多吃了點乳酪。到最後，我們找上了一位財主，雪萊從他那裡借了六十英鎊。

受到這筆錢的鼓舞，我們決定離開城市到鄉下，尋找盧梭筆下的簡樸單純，以及生活在大自然中的勤奮人們。

到時就會有牛肉、牛奶和好吃的麵包了，新釀的紅酒與乾淨的飲水。

故事都是這麼說的。

現實則天差地遠。

有好幾星期，我們默默忍受，努力對彼此隱藏自己的失望。原來這就是自由國度的模樣，我母親便是到此尋求解放。她在這裡寫下了《為女權辯護》。我們一心想在此找到志趣相投、心胸開放的同路人，但事實上，村民每件小事都要多收錢。農場又髒又舊，洗衣婦偷走我的鈕釦飾帶。我們請的嚮導很粗暴，雪萊租來的驢子——我們輪流騎——腿是瘸的。

妳是不是不開心？雪萊問，我的沉默讓他不安，我沒有說，是的，牛奶酸了乳酪潮了床單臭了，跳蚤、暴雨、塞滿稻草的床裡爬滿小蟲。菜太爛肉太韌魚長蛆麵包發霉。想起父親就惆悵。想起母親就思念。我內衣都沒換。

我只是有點熱，親愛的，我回答。

他邀我與他一起在河裡裸浴。我太害羞了。我待在一旁欣賞他的裸體，潔白、苗條又精實。在我眼底，他就是有生命的雕像，也給了我生存的意義。他的形體超越世俗，似人非人——那肉體不過是被匆匆套上，好讓他的靈魂能在人間行走。

*

我們大聲朗讀渥茲華斯打發時間，但法國不是詩，它是農民的國度。

最後，雪萊察覺出我的心力交瘁，便為我們找到一艘駁船，漂出法國，駛上萊茵河。好多了嗎？沾沾自喜的瑞士。酒醉醺醺的德國。「再來一杯紅酒吧，」我說。於是，我們就這麼過著日子，挨餓酗酒，渴望靈魂，卻又不知道哪裡找得到它。

只要我勇於追尋，我渴望的事物就確實存在。

有一天，在離曼海姆不遠之處，我們看見一座城堡塔樓如警訊般從薄霧中驀然浮現。雪萊崇拜高塔、樹林、廢墟、墓地，以及所有能讓他沉思，與人或自然有關的事物。

於是我們沿著曲折小徑一路前行，忽略了一旁拿著鋤頭草叉瞪著我們的農民。

我們停在城堡腳下，渾身顫抖。即使在炎熱的午後陽光下，這裡仍令人不寒而慄。

這是什麼地方？雪萊問一個拉車經過的傢伙。

弗蘭肯斯坦堡，他說。

荒涼的沉思之地。

我有個故事，那人說，給我一點錢就告訴你們，雪萊還多付了一倍，聽到的故事沒讓他失望。

城堡原為一位名叫康拉德・迪佩爾的煉金師所有。他心愛的妻子死得太早，讓他難以承受，他拒絕讓她入土為安，決心發掘生命的秘密。

僕人一一離開後，迪佩爾便獨自生活，黎明與黃昏時，人們會看見他在墓園與藏骸所附近徘徊流連，把他發現的遺骸殘骨拖回家，將人骨磨成粉，與新鮮血液混在一起。他相信他可以將這種藥劑注入剛嚥氣的人們體內，使他們甦醒復活。

村民越來越提防他，也討厭他。畢竟他們也想好好守護自己的先人，於是他們時時注意他的腳步聲，或是他馬兒的鈴鐺聲。他已經多次擅自闖入喪家，拿著一個裝有他不潔混合物的瓶子，將它用力塞進冰冷鬆弛的亡者嘴裡，讓亡者看來就像是準備做成鵝肝醬的待宰鵝隻。

沒有人復活。

最終，鄰近村莊眾人集結，在他的城堡裡將他活活燒死。城堡的斷垣殘壁散發著殘肢碎肉與死亡的惡臭。

我看著那片廢墟。一道戶外螺旋石梯闖黑頹圮，猶如皮拉奈奇畫筆下的惡夢場景，雜草叢生其間，石梯往復盤旋，那一道道台階要帶我們走下哪裡？某座恐怖的地窖嗎？

我拉緊身上的披肩，呼吸著唯有墓地才有的冰冷氣息。

走吧！我對雪萊說。我們該離開了！

他用手臂摟著我，我們迅速走遠。我們一路走，他一面對我解釋煉金術的始末。煉金師畢生追求三件事，雪萊說：將鉛變成黃金，煉製永生靈藥，還有做出霍蒙庫魯斯。

什麼是霍蒙庫魯斯？我問。

一種並非從女人體內誕生的生物，他回答。它是人造的東西，既不潔，又邪惡。算是一種妖精，狡詐奸巧，擁有黑暗的力量。

我們在令人窒息的昏暗暮色中，蜿蜒走回旅社。我腦海還在想那東西；那完整卻並非出自女人的形體。

如今那形體又出現了。

但它並不小。根本不算是妖精。

我感覺自己的心靈是一道屏幕，在屏幕的另一端，我看見一個企求著生命的形體。我在水族館看過魚將臉貼到玻璃上。我意識到自己說不出口的，如今可以化為故事的文字，將之充分表達。

我會叫我的英雄（他算英雄嗎？）維多——因為他試圖戰勝生與死。他將努力穿透大自然的深沉幽暗。他不是煉金師——我不想搞什麼天靈靈地靈靈的邪門歪道——他就是醫生，像波利多里，或勞倫斯醫生。他能辨別血流，知道肌肉的節結、骨骼的密度，組織的細膩程度，心臟的節奏。呼吸道、組織液，團塊、韌帶，還有如花椰菜般的大腦之謎。

他要組織一個比生命本體更龐雜的形體，賦予它生命。我會用電、風暴、火花與閃電。我要他像普羅米修斯一樣手持火把。他將從眾神那裡偷來生命。

代價是什麼？

他創造的生物將擁有十位壯漢的力量、飛馳駿馬的疾速。這生物將擁有超越凡人之力。但他不會是個人。

而且，他會感到痛苦。折磨苦難，我相信，就是靈魂必然的印記。

機器沒有痛覺。

我的創造者不是瘋子。他大有遠見。他有家人、朋友。對工作投入、專注。我會將他帶到懸崖絕境，讓他縱身跳下。我要同時展現他的驕傲與恐懼。

我要叫他，維多．弗蘭肯斯坦。

心智乃一切物質之基礎。

馬克斯・普朗克

現實無法過度承受人類

請問大名？

芮．雪萊

媒體？

貴賓。我是斯坦教授的貴賓。

斯坦教授的演講對大眾公開，也在皇家學會的網站直播。

皇家學會創立於西元一六六〇年，以促進自然科學與增長科學知識為宗旨。學會所在地點卡爾頓府街俯瞰皇家林蔭大道，為倫敦最富麗堂皇的靜僻街區。事實上，這群新古典風格建築物由約翰．奈許設計，竣工期介於一八二七到一八三四年間，有著一整排莊重的灰泥飾牆與科林斯柱立面，山形牆與簷面刻花更是細膩精緻。

英國人最擅長的莫過於呈現此般永恆亙久的靜謐氛圍，但這只不過是一種植入式的記憶——你甚至可以稱之為假的記憶。乍看堅而不摧的構造，充其量不過是「破壞——重建」的歷史進程，往昔的動蕩不安一筆勾銷，接著重新塑造，或為地標，或為地景、或為傳統，看似有人們奮力的捍衛與堅持——到頭來一切只是灰飛煙滅，毀於怪手鋼牙。總之，皇家學會在一九六七年才喬遷至此，歷史其實都是創造出來的。

今晚我們就是自己創造的歷史。

我望著觀眾魚貫走進：背包背在胸前的大學生，留著大鬍子的文藝青年，身穿T恤、在倫敦的肖爾迪奇科學園區上班的小鬼。時髦的銀行家穿著光鮮亮麗的手工西裝，科技宅、科幻迷。兩名戴頭巾的穆斯林女士還戴著機器人索菲亞的帽T。

觀眾幾乎都是年輕人。

維多．斯坦在臉書與推特都有一大票粉絲，他的TED演講有高達六百萬的觀看次數。他有任務在身，毋庸置疑。

有些人納悶：你究竟站在哪一邊？

他會回答，沒有什麼這邊那邊——這種二分法屬於人們用碳定年的古老年代。未來不再是生物學主導——而是人工智慧。

他在螢幕上打出漂亮清晰的圖表：

第一類生命：以進化為基礎。

維多解釋：要經過幾千年才會有緩慢的改變。

第二類生命：部份自行設計。

這就是我們的現狀。我們可以透過學習，提升自己大腦的軟體，包含了以機器輔助學習。我們小至個人，大至整個人類世代都會不斷地進行自我更新——想想幼童與iPad。我們發明了各種旅行與勞動所需的機器。馬與鋤頭都是過去式了。我們甚至克服了一些生物限制：眼鏡、近視雷射、植牙、人工髖關節、器官移植、義肢。我們還開始探索太空。

第三類生命：完全自我設計。

他越講越起勁。近在咫尺的人工智慧世界將使人類不再受限於體能極限，機器人將能應付大多數今日由人類打理的一切事務。智慧——甚至意識——將不必再依賴於肉體存在。我們必須學會與我們創造的非生物生命共享這顆星球。我們也將殖民太空。

我專心看著他演講。我熱愛看他，他有種性魅力，彷彿既能救贖靈魂，又博學多聞。他身形精實修長，豐沛的髮量顯得精力充沛，灰銀的髮絲顯得莊嚴。他有著剛直的下巴、澄藍的雙眼，一身漿挺的襯衫與合身長褲，腳踩手工皮鞋。女人愛慕他，男人佩服他。他知道如何抓住眾人的眼光。他會走離講台，強調自己說話的內容，他還喜歡將筆記揉成一團扔到地上。

他幾乎像是基督福音頻道走出來的科學家。但這次要拯救的是誰？

今晚，他身後螢幕上是達文西知名的〈維特魯威人〉。在觀眾全都安靜坐定後，達文西的維特魯威人動了起來，從憑空出現的掛鉤上取下一頂憑空出現的軟呢禮帽，戴上，然後自顧自地朝一片大海走去。我們可以清晰聽見波浪聲。維特魯威人沒有停下腳步，持續往前，直到水淹過他的頭頂。最終只剩下那頂禮帽在平靜的海面上隨波逐流。

維多．斯坦漾起了微笑。他走向前去，轉身看著螢幕。他說，我把這場講座取名為**「後人類世界的人類未來」**，因為人工智慧不帶情感——它傾向站在最佳可能結果這邊。而人類並非最佳可能選項。

他喜歡與觀眾互動，喜歡他們提問。他開放問答。

其中一位穿著索菲亞帽T的穆斯林女士舉起手來，主持人遞過麥克風。

斯坦教授，如您所知，漢森公司製造的機器人索菲亞在二〇一七年取得了沙烏地阿拉伯公民身份。她比沙國婦女擁有更多的權利。這讓我們得到什麼人工智慧領域的啟發呢？

完全沒有——斯坦教授說——只讓我們更瞭解沙烏地阿拉伯。

（會場傳來笑聲，但這位女士繼續追問。）

在您的美麗新世界裡，女人會是第一批被視為過氣無用的受害者嗎？

完全相反，斯坦教授說，人工智慧不必複製不合時宜的性別偏見。假使沒了生物雄雌之分，那麼——

但女人打斷了他——他討厭這樣，但他壓抑了自己的不悅。

性愛機器人呢？不會說不的電動飛機杯呢？

另一位年輕男生也跟著幫腔——沒錯——而且甚至不用請她們吃晚餐！

現場更歡樂了。男子轉頭給了發言女子一個大大的燦爛微笑，一個表示自己無意冒犯的微笑——我只是開玩笑啦！等會讓我請妳們喝杯可樂好嗎？

斯坦教授感覺自己逐漸喪失主導權。他舉起手來，平息會場內此起彼落的交談聲。

他有種與生俱來的權威——跟馴獅師很像。

他說，訴求單一的中低階的機器人間有著很大的差異——我敢說其中一定包括有電動陰道的機器人——就算她可以用八種語言叫你大屌哥也一樣……（現場大笑。）

我注意到最後一排有個人影不斷跳上跳下想要發言，但斯坦教授忽略對方，繼續說話：**請聽清楚**……訴求單一的人工智慧與真正的人工智慧產出的結果有著顯著區別；我指的是可以自行學習思考的機器人。

他停頓片刻，讓剛才那段話發酵。所以，假使各位擔心婦女最終會被機器人取代，就像一部我很喜歡的電影《超完美嬌妻》裡頭演的——題外話，我尤其喜歡葛倫·克蘿絲主演的新版——大家有看過嗎？沒有？你們應該找來看看……結局皆大歡喜（他有說有笑，重新掌控全場，但仍有人不服氣）——我會說——

另一位女子起身打斷了他，我看到他的臉上閃過一絲不悅，像是被車頭大燈照得傻愣住的小動物。他往後退了一步。那女人看起來很眼熟。她一臉倨傲的模樣有著某種魅力，髮夾也固定不住一頭蓬亂金髮，身上穿著件有點歲月的昂貴夾克。

她說：斯坦教授，您是人工智慧界眾所肯定的人物，但事實上，創造你口中真正人工智慧的族群全是情商不高、社交技能僅限於小圈子內的類自閉障礙年輕白人男性。**這種人**

的美麗新世界能生出什麼性別中立的做法——或任何中立的做法呢？

我不會把中國人歸類為類自閉障礙的白人男孩，斯坦教授溫和回應。

她說：中國沙文主義興盛，男人在成長過程中就不斷學習貶低女性……他們就是全球性愛機器人最大的製造商以及最大的消費市場。

（我看到後面那傢伙又在努力揮手。）

她說，我們已經知道機器學習的成果帶有深刻的性別歧視。亞馬遜不得不停止使用機器篩選求職履歷，因為機器一次又一次地選擇了男性而非女性。ＡＩ一點都不中立。

斯坦教授舉起手來請她暫停發言……我同意您提到的機器學習現況，是的，其中的確有問題存在——但我認為，這些毛病只是暫時的，而非系統性問題。

那位女士不願善罷干休。她抓緊麥克風，對他大吼：**搞出人類末日究竟算是哪門子的智慧？**

*

會場傳來一陣掌聲；甚至有一些西裝革履的男士（他們理性思考、邏輯清晰、提前投資）也隨之鼓掌。

維多很不高興。但他不會承認，他會稱這一切都是誤解。他在等待時機，他並不是個特別有耐心的人，但他深諳等待的哲理，正如演員或政治人物懂得如何靜待著說話的時機到來。接下來，他做了他最在行的一件事——拋開科學，大談藝術：

賜予萬物不切之名即為世界平添厄運

他的語音辨識程式在他身後的螢幕上寫下這幾個字。我們盯著這句話。太美了，它就像一道方程式。

現場安靜下來。

他繼續等待，等學生們停下發推文的手，等科技宅們不再網上瘋狂搜尋，他彷彿擁有世上所有的時間——我想——如果他說的是對的——他確實有這麼多時間，因為在他死前，他能夠將自己的大腦上傳雲端。而我們其他人，隨著演講接近尾聲，能夠瞭解的只有現在時間是週三晚上八點半。**你餓了嗎？**我看到我面前的手機螢幕閃過這幾個字。

維多說話緩慢清晰。他的聲音很溫暖，由於在美國工作多年，略帶美式口音。

他說，讓我帶各位回憶一下我在演講開始時所說的內容（也就是說，你們都沒有在聽，對吧？各位金魚腦？）將我們認識的生命萬物轉換成演算法的不是矽谷的科技宅——而是生物學家。人們從自然科學出發，逐步拆解了有機與無機物之間的屏障。

四下一片安靜。他繼續說道……

什麼是演算法？演算法是一系列用以解決重複問題的步驟。有問題不是壞事——它比較像是為我們帶來「我該怎麼做」的疑問？問題可以是我每天早上的上班路線；或者假如我是一棵樹，我該怎麼行蒸散作用最有效率？因此，演算法就是資料處理器。假如你相信生物學家說的話，那麼青蛙、馬鈴薯、人類，都也可以被當成生物性的資料處理器。電腦則是非生物性的資料處理器。

假使我們輸入了資料，其餘剩下的只有處理過程，那麼，到頭來人類其實沒那麼與眾不同。

所以，知識有那麼可怕嗎？也許我們可以將其視為一種解脫。身為宇宙主宰的我們，其實沒那麼美好，不是嗎？氣候變遷、動植物大規模滅絕，棲地與野地的破壞，大氣污染，無法控制的人口爆炸、極度暴虐殘忍的行為，一切都出自我們日常的愚蠢幼稚……

他再次停頓，那張帥氣的臉龐嚴肅真誠；沒錯，我想接下來他要說的話，完全出自他的內心：

假使這就是「人類計畫」的終點，那麼我們無須責怪創造出這一切的科技怪咖。

會場的科技怪咖歡聲雷動。

維多繼續說道，也請各位記住，科學正在努力處理的是現實，而非什麼天馬行空的想法靈感。科學早已不再認定智人的獨一無二了。

維多微笑轉向他身後螢幕的名言：

阿伯特．卡繆。大家或許沒有讀過他，但也許你該去找來讀一讀了。總之，各位或多或少知道《聖經》裡的伊甸園，亞當的任務是要為他的世界命名。如果大家和我一樣，深信宗教文本——正如古代神話——反映了人類心靈最深層的結構，那麼，是的，命名至今仍是我們身而為人的主要任務。詩人和哲學家們深知這一點——或許科學將命名和分類學混為一談了。或許，早年為了敬而遠之那些煉金術士，我們忘記命名就是力量。我無法召喚幽靈鬼怪，但我可以告訴各位，以正確的名字稱呼萬物遠遠勝過給予它們身份手環、標籤，或序號。我們召喚的是一個願景。命名就是力量。

他走到舞台前方，鞋尖懸在了舞台邊上，接著他說，我想像中的世界，人工智慧將讓一切變為可能，不會有標籤——沒有二分法，例如性別、膚色與貧富。頭腦與心靈將不再有分別，感覺與思緒將不再有分歧。未來不會出現像是《銀翼殺手》般的情景，有一群渴望像人類一樣有名有姓的複製人——我提出的遠景遠遠超過這一切。在我們開發真正的人工智慧時，我們在做些什麼？我們在召喚願景。

（他退後一步。暫停。等待。再等一會。就是現在。）

即使，即使第一個超級智慧體發生了最糟糕的狀況，也就是剛才有人提到的白人男性類自閉程式，人工智能發布的第一波自我升級就會開始糾正這樣的錯誤。為什麼？因為我們人類只負責規劃一次未來。接下來，我們創造的人工智慧就可以接手進行自我管理。也包括管理我們。

謝謝大家。

掌聲　掌聲　掌聲　掌聲　掌聲。

未來是個合理可行的應用程式。

我相信他。在這一刻我打從心底相信他。瓦爾哈拉正在燃燒，白人男性神祇逐一墜落熊熊火焰，但萊茵黃金始終如一——純淨不受玷染，它會被再次發現，這就是重生的契機，是我們的第二次機會，如同嶄新的開始，過去人類統治地球的壞日子就要過去了——地球將會重整為自然保護區，因為人工智慧不需要購物中心與汽車來滿足它的饜求。你之前老是擔心機器人會取代你的工作——**老兄，你甚至無法想像即將到來的世界會是什麼模**

樣……

這可不是我說的——這是其他人的推文。

會後有酒水招待。我們可以在會場裡一面欣賞著牛頓、虎克、波以耳、富蘭克林、達爾文、法拉第、沃森與克里克的肖像（謹向蘿莎琳．富蘭克林致歉——這位女士為沃森與克里克提供了他們解開DNA結構之謎所需的關鍵X光照片）。

這裡還有提姆．伯納斯-李、霍金與文基．拉馬克里希南。他們都是學術巨擘，還有唯一一位曾經獲得過諾貝爾獎的女性成員（桃樂絲．霍奇金斯）。或許下一位得以進入這座殿堂的是來自沙烏地阿拉伯的公民索菲亞。

剛才兩位穿著帽T的女士追問維多有沒有見過索菲亞，她是位富有幽默感的漢森機器人。（「我想殺死全人類。」）他見過。他喜歡她。她代表了機器人令人安心的那一面，重點在於人類與機器人攜手合作，共同創造更美好的生活。

我知道維多對機器人不真的感興趣——他追求的是純粹的智慧。但他將機器人視為幫助人類適應自己未來定位的過渡物種。畢竟人類的走向仍然混沌不明。

理論上，如果你擁有自己的機器人，你可以讓它出門為你工作，薪水也歸你。或者，你可以在家裡使喚它，把它當成不用支薪的僕人。又或者，你可以叫他替你去你那片不施化學肥料的田裡除草。這聽起來很棒，然而，天底下哪有這麼好的事？全是人類的白日夢吧？

人類真是想得太美了。

窗外有隻貓咪沿著護欄走過。

那位秀髮垂肩、皮夾克下穿著絲質襯衫、緊抓著麥克風不放的女人，正一路朝維多推進。她就像一隻貓科動物，危險、半馴半野，如同動物園的大貓，卻又能讀會寫。

然後她看到我了！老天！她說。是變態怪醫！

是的，就是她。波莉D，VIP小姐。

妳的遠端性愛後來怎麼解決？我問。

你到底是什麼人，或者是個什麼東西啊？她問。她按下iPhone的錄音鍵。

我當時跟現在都一樣，是個醫生。妳看！

我將名牌翻給她看。現在輪到她渾身不舒服了。

然後她看見維多朝我走來。她馬上換上一副職業口吻。斯坦教授！我叫波莉D。我替《浮華世界》工作，我寫email聯絡您好一陣子了，您都沒回我。為什麼？我有幾個問題想請教您。

現在不行，維多回答。演講已經上傳到網站，妳可以透過連結寫信給我。

我只有幾個問題要問，波莉D堅持。

「很抱歉，」維多說。「我今晚有很多貴賓要招待。芮！」

＊

維多用力拍了拍我的背。我對波莉微笑，聳聳肩。其實我滿開心的，可是我的心情馬上又黯淡了下來，因為我感覺自己像是陷入了一場惡夢，與一大群格格不入的人們擠在同一個小空間裡。還有他……志向遠大的他。

你見過朗恩．洛德了嗎？芮？

朗恩穿著皺巴巴的灰亞麻套裝——拉鍊附近隱約有尿漬——我猜是尿漬——以及粉紅色襯衫，第五與第六顆鈕釦間稍嫌緊繃。他下面也是粉紅色的，我扯太遠了。

朗恩上下打量著我，不情願地伸出手。呃，很高興再見到你，芮恩。

是芮，只有芮，沒有恩。

芮不是芮恩的簡稱嗎？

芮是瑪芮的簡稱。

這個不容易消化的訊息教朗恩陷入沉默。人類就是這樣，人人處理資訊的速度各自不同，因人而異，因事而異。就某方面而言，機器處理起訊息要簡單明瞭得多。假使我告訴智能機器我現在是個男人，儘管我出生時是個女孩，也不會減緩它的處理速度。

所以你是女的？朗恩說。

不對，朗恩，我男女都是。我叫芮。

那你是男的？朗恩問。

我是跨兒。

像是……跨人種嗎？

跨性別。

你看起來像個男的，朗恩說。沒那麼男性化，但還是個男的。如果知道你是女的，我在性愛博覽會就不會接受你訪問了。

我是跨性別者，我又說了一次。

維多把手放在朗恩肩上。

朗恩決定要投資了，維多說，他要投資**造化同工**。

造化同工是維多的公司。

造化同工的標誌寫著：**未來就是現在**。這其實讓我有點不爽，如果未來就是現在，那現在又算是什麼？

我想教授跟我算是同行。朗恩說。

是嗎?我問，看向維多。

是啊，朗恩說。我們搞的都是未來。

維多微笑。這並不總是什麼好兆頭。「朗恩，你有帶克萊兒來嗎?」

有啊!她在衣帽間裡，我把她對折變成大約七十公分左右，收在一個運動包裡。那裡有好幾個——我是說運動包。我裝在一個愛迪達包包裡。

我想我們有些貴賓會想看看她，維多說。她很讓人安心。

朗恩可不太安心。「我不喜歡你這樣形容性愛機器人。你說她們不會造成威脅。任何新發明都會是威脅。是吧?總有一天，機器人會成為獨立的生命形式。當初我說可能會投資你時，你是這麼告訴我的。」

你說的沒錯，維多說。但當今所有性愛機器人都算是目標狹隘的機器人。你是說她們下面太窄了?朗恩問。

我不是這個意思，維多說。

那你究竟是什麼意思?朗恩問。給我說清楚。

我是說，維多解釋，你的機器人功能在盒子上已經說得清清楚楚。她們專為性愛與滿足個人欲望設計。

這哪裡是狹隘的目標？朗恩說，這就是最遠大的目標，每個男人都想要。

不是所有的男人都想要，維多說。

這就不是我想要的，我說，朗恩看著我，表情越來越疑惑、越來越沮喪。他把空著的那隻手插進口袋，另一手朝我揮舞威士忌酒杯。你聽著，芮恩，或瑪芮，或不管你叫什麼名字，我不是想窺探你的個人隱私，但你有老二嗎？

我認為這就是個人隱私，維多說。

沒有，我回答。我叫芮，我沒有老二。

那好，朗恩說，很好，沒有老二，所以，你不能算是男人。所以男人想要什麼——其實跟你沒關係，對吧？

一定要有老二才夠男人嗎？我問朗恩。

他瞪著我，彷彿我是他這輩子見過最愚蠢的白痴。他說，如果你連老二都不要了，你還當個男人幹什麼？

男人不只是會走路的老二吧？

多少算是，朗恩回答。

還有些別的吧，維多說。

我不確定要怎麼對話下去，於是我把話吞進了肚子裡，我告訴朗恩，**身為女人，我感**

覺不太舒服。

哪裡不舒服？

很難解釋。

你喜歡女人嗎？你喜歡女人，但你不喜歡當女同性戀？我懂了。

我喜歡的是男人。

朗恩退後一步。他的手朝鼠蹊部移動，似乎想保護那裡。我想說：**別擔心，朗恩，我說的可不是你**。

有人支走了維多，留我獨自應付不斷被我大扣分的朗恩。他說，好啦，芮恩，我不知道你究竟是男人或什麼的，但你確實是個醫生，對吧？

沒錯。

醫院裡的那種？

是的。

你是怎麼認識教授的？

我提供一些身體部位給他。

朗恩的粉紅大鼻開始如獵犬般抽搐。他期待在我身上聞到黴菌氣息？還是在找血跡？或我指甲下的污垢？

我不是**盜墓者**，朗恩，你是不是以為我會趁著三更半夜帶麻袋跟鐵橇跑到教堂墓園幹壞事？你覺得我會挖開土堆，撬開棺材蓋，將渾身潮濕、衣物腐朽的女人從安息處抬上來，拿去解剖？

沒有，沒有啦！朗恩回答，但其實他心裡說的是：對！對，就是這樣！

早年解剖後，遺骸可能被磨成骨粉，或燒融凝固成蠟燭，或餵給豬吃。一點都不浪費。你可以說，埋葬就是種浪費——至少如今的做法是這樣，把遺骸放進堅固的棺材，防蟲防雨，任何阻止死亡自然進程的方法，應有盡有。

死亡就是自然。然而，沒有東西什麼比屍體看起來更不自然。

它看起來就是不對勁，對不對，芮？我記得我們的第一次見面，維多溫柔急切的聲音出現在我身後。看起來不對勁，是因為屍體本來就不對勁。

維多．斯坦的研究跨越了智慧醫學與機器學習的囿限。他正在教導非人類智慧診斷疾病。機器在疾病演算的表現比人類傑出許多。未來的醫生會是機器人。但皮膚就是皮膚，血肉就是血肉，你不能光靠教科書與影片學習解剖。只要與人體有關的問題，就會需要身體。需要各個身體部位。我見過小探針好奇地滑過截斷（經防腐處理）的手臂，進入腿部（已經腐爛）的軟組織。腿部截下後必須帶離手術室，你會發現它出奇地沉重。

你把腿切了下來？朗恩問。

不只是腿，我說。

怎麼做？朗恩問。

用鋸子……

朗恩的臉看起來更蒼白了。

接著，我們燒灼切面，洗淨晾乾不要的肢體，把它放進一個大塑膠袋，密封，標籤，放進冰箱或冰櫃——或焚化爐——視情形而定。

視情形而定，朗恩喃喃重複。

視未來的情況而定。不是所有截下的腿都有未來用途。

你事先知情嗎？朗恩問。

通常是的，但有時候我們也會遇到必須臨時截肢的狀況，就看我們得切除多少……這影響到將來病人能不能裝上義肢。這塊你得去請教斯坦教授。跨人類的身體強化也可能從電腦控制的人工肢體做起。

我喜歡我的腿，朗恩說道，一面低下頭。它們跑不快，肥肥短短，但我已經和它們相處很長一段時間了。

我明白。我說。

短暫停頓間，朗恩看著自己的雙腿沉思起來，接著，他帶著一般人面對醫生會表現的那種孩子般的信任，開口問我：「我的腿會有多重啊？」

朗恩的腿短，但很結實。我估計了一下：從這裡切除的話……大約重二十公斤……我的手指在他鼠蹊部的高度附近滑指來畫去。他的老二偏左。

朗恩跳了開，憂心忡忡地低頭看著他皺巴巴布料下方的肢體。

你的手很大耶，他說。

用來替你截肢再適合不過。

朗恩往後退了一步。

你有考慮過死後將大體捐作科學研究嗎？朗恩？

你的手跟男人一樣大，他說。

我有一雙大手，這是事實。我媽媽也有一雙大手。她在生我的時候難產過世，但在我擁有的相片裡，她有著堅毅、清亮、無所畏懼的眼神。人有可能想念一個你從來就不認識的人嗎？我想念她。

我一百七十公分，不是特別高。我身型修長，窄臀長腿。當我做上半身的手術時，其實沒什麼好切除的，長期服用荷爾蒙讓我的乳房產生變化。我還是女人時從來不穿胸罩。我喜歡我胸部現在的樣子；結實、光滑、平坦。我把頭髮紮成馬尾，看起來就像個十八世紀的詩人。當我照鏡子時，我看到的是一個熟人，或者更確切地說，在眼前的形象中我看到了至少兩個熟人。所以我才選擇了不接受下半身手術。我就是我，但我不是只有一個個體，不是只有一種性別。我活在雙重性之中。

維多回來時，替朗恩端了另一杯威士忌。

你們兩個似乎很談得來，他說，他試探地看著我，他總是這樣看我。

我正在跟朗恩討論你那些切下的肢體。我也跟他解釋了我們的特殊關係。

啊，是的，維多說。每間實驗室都需要些身體部位做研究。他的神情有點緊張了：我透露了多少？糟了。就讓他冷汗直流吧，跟朗恩．洛德一樣。

我沒有告訴朗恩的是，維多．斯坦需要的肢體比他研究補助容許的還要多得多。

就在這時，兩名身著藍色制服的保全衝過房間，戴上手套，揮舞著電擊棒。**退後！退後！退後！**

維多跟在保全後面，我跟在維多後面朝衣帽間跑過去。衣帽間的工作人員一臉蒼白。

它在裡面！她說。它是活的！它一直在動！袋子裡有動物！

保全走到愛迪達運動袋前，俯身打量。**靠！我聽見有東西在說話！**

他的同事也往前湊近，他很懷疑。

他說，你以為自己是杜立德醫生嗎？用戳的！

保全戳了戳，沒有動靜。

此時衣帽間已經圍了一堆人，保全站在椅子上問道，這個愛迪達包包是誰的？

朗恩．洛德的粉紅胖手出現在群眾頭上。

是我的！

請您打開它，先生！保全說道。

我看見波莉D站在椅子上，用手機錄影。

朗恩穿過人群，看來就像是對自家夜店盡忠職守的保鑣。他拿起袋子，放上衣帽間的櫃檯，拉開拉鍊。裡面是個對折的性愛娃娃，她的牛仔夾克上鑲著英文字母亮片，寫著CLAIRE。

爹地！克萊兒說道。

我不知道她是怎麼自己打開的，朗恩說，她是用手機應用程式控制的。

這是什麼玩意兒？保全問。

她是性愛機器人，朗恩回答。教授要我帶她來參加演講。可能有聽眾會想要一探究竟。等我一下，我來把她攤開。

朗恩將克萊兒的腿一一放下。

把我的腿打開，爹地！再張開一點！

尷尬的咯咯笑聲，驚恐聲，我的老天，咿呀，這不是真的吧，太噁了，太酷了，我也

要看！

雙腿展開後，朗恩讓克萊兒站起身來，從後面抱住她，看起來就像腹語家。克萊兒穿著短褲與緊身小可愛，裡面還有件黑色胸罩。朗恩整理了一下她的頭髮。

這是她的旅行行頭。穿裙子就沒辦法把身體對折了。

把我的腳打開！克萊兒說。

真是抱歉，朗恩說，克萊兒設定在臥室模式，所以講話很露骨。

他把手伸進口袋拿手機。他說，我把她改成訪客模式，等我一下……

不要讓我等嘛，爹地！

這裡訊號不好，朗恩說。

你看，我在摸自己！

克萊兒就像一隻發情的鸚鵡。她的程式設定讓她聽到單字就開始重複。朗恩高舉手機，說道，請可以誰替我抱住克萊兒，好讓我搞定我他媽的手機嗎？

朗恩將克萊兒塞給一位站在附近的女人。

女人不敢相信自己竟然抱著一個性愛娃娃。

轉過來！對著我！波莉D站在椅子上大喊。

哇，我的媽啊，那女人說，她的腰大概只有二十吋，奶卻有四十吋。

奶子。**奶頭**。**大屌**。克萊兒說。

太讚了吧！某個科技宅說。

她背上的這個支架是什麼？有個人一面端詳克萊兒，一面問。

這是選配，朗恩說。她可以掛在牆壁上。

就像牆上的動物標本？一個女人問道。

不是！朗恩回答。是讓你可以站著幹。

站著幹我，爹地。

太噁了！波莉D大喊。

朗恩聳肩。隨妳說啦……

有些男孩倒是很享受眼前的一切，從他們隆起的牛仔褲就不難分辨。朗恩一面用肥手操作他的 iPhone，汗一面流個不停。

今天的旅途愉快嗎？克萊兒問。

謝天謝地！朗恩說。她回到訪客模式了。我知道這裡是個嚴肅的科學機構。

你是從哪個機構來的嗎？

讓我解釋一下，朗恩說，克萊兒是性治療的輔助工具。這個模型並不成熟，但你要她做什麼，她都會照做。

（人群開始竊竊私語，傳來邪惡笑聲。）

你們看，朗恩說，讓我展示給你們看。把手指放進她的嘴裡。別怕，放啊。

其中一個男人猶豫了一下，但還是照做了。他往後一跳，彷彿被咬了一口。這太怪了！

震動，對吧？朗恩臉上發亮。那還只是你的手指喔，而且那還只是她的嘴喔。

（大笑聲。）

這究竟有什麼意義？我對維多說。你為什麼鼓勵他這麼做？

維多聳聳肩。這就是即將到來的未來世界，人們整天無事可做，就更有時間享受性愛。

那不是性愛，維多。

我不像你這樣想，芮，也許你是清教徒或浪漫主義者吧。

我是人。

假使你是未來現實的自動化生活中毫無用武之地的數百萬人之一呢？汽車，卡車，公車，火車，都將自動駕駛。商家與超市會智慧追蹤你購買的商品。你的住房會自我診斷哪裡該修了。冰箱會自己叫食物。機器人能打理家務，娛樂小孩。那你整天還有什麼事可以做？

你的演講沒說這些。

對於我們這些能夠融入新世界的人們來說，情況不一樣，對我們而言，人生與生命將毫無侷限。

你喜歡你的工作嗎？克萊兒說。

至於其他人，維多說，必須得有消遣以及讓他們不會胡思亂想的特效藥。性愛娃娃可以同時滿足兩者。

這看起來似乎沒考慮到女人吧，我回答，我們望著人們緩緩分成兩組，男性與女性，男人們跟朗恩高談闊論，戲謔說笑，女士們則彼此低聲交談，語調充滿無奈、難以置信。

我同意，維多說。女人更難取悅。

波莉D看起來倒是「鳳」心大悅，她從椅子上跳下來，推開人群往外走。

她盯上你了，維多。我告訴他。

沒什麼好擔心的，他說。我以前見過她，她是記者，如此而已。

那麼朗恩．洛德呢？我問。你為什麼想要他的投資？

維多聳肩。為什麼不要？這傢伙獨來獨往，是個邊緣人。他只想看到結果。有些我想做的計畫……

什麼樣的計畫？

我們正處於一個很有意思的時間點……維多說。

朗恩．洛德走了過來，他覺得自己大獲成功。

他們超愛她的！他說。你們看，大家認識她之後，全都愛上了她。這樣吧，我請大家吃頓飯。教授！芮恩？我可以宰下一大塊牛排！

還好那頭牛已經被宰了。我說。

朗恩不但沒有生氣，反而覺得我很可悲。

芮恩，我這是在伸出友誼之手，他說。

謝了，朗恩，但我吃素。

我就知道你不是男人，朗恩說。

芮，走嘛！我們一起去希基小館，你可以吃素魚啊。

朗恩轉身將克萊兒從她的粉絲群中拿回來。

維多對我說，我們晚點見？

你晚點想見我嗎？

我無論何時都想見到你。

我再打電話給你，我說。

朗恩回來時拎著裝了克萊兒的愛迪達包。

我舉起我的（大）手示意道別。去吧，快走，離開了。

在皇家林蔭大道外，綿綿細雨模糊了建築物的樣貌。我的靴底在光滑如玻璃紙般的濕漉人行道上留下了印子。我回過頭去——我的來時足跡，一點一滴地在雨中逐漸消失。馬路上，一輛輛車接連亮起紅色尾燈等候。喇叭聲與噪音無時或止，卻又令人安心。雨變大了。人們穿著雨衣或躲在傘下快步行走，急著前往某處，或是離開某處，他們戴著耳機，臉被手機螢幕映得發亮，與他人既無關聯又孤單。

我好孤單。

我孤單嗎？

總會發生一些事情打破我自我耽溺的小世界。

她追上我的步伐。是波莉D。

嘿，我之前太失禮了，很抱歉。可以請你喝一杯嗎？

當然好，我說；想去哪裡？

我是一間俱樂部的會員——離這裡不遠——布萊奇斯廣場二號。就在特拉法加廣場的另一頭。

一會之後，我們已經坐在一個鑲滿木板的小房間裡，這裡猶如迷宮，全都隔成一個個原木小房間，有些房間甚至燒著熊熊的壁爐火焰。時間彷彿回到了一八一六年。波莉D將紅酒倒入醒酒瓶，另外點了一盤麵包與乳酪。她說，我喜歡這裡。我喜歡所有跨越時空的事物。這讓我覺得很自在。

但看起來是不是有點假？我說。有點太像主題公園了？歡迎來到十九世紀？

我們每個人生來就不是自己本來的模樣，不是嗎？她說。我們都在努力扮演某個角色。

（我沒回答。我盯著她的流蘇皮靴。）

我無意中聽到——她說，你是跨性……

對。

你的外表很好看。

外表不是拿來看的，這就是我。無論裡外全都是我。

我懂，我懂。（但她總是這麼打發別人。）接著她說，你喜歡女人還是男人？選擇伴侶時？

我兩者都有過。我似乎更喜歡男人一點。

性方面嗎？

對，性方面。

當你還完全是個女人時，也有同樣的感覺嗎？

我說：我現在就是個女人。一部分的我也是男人。對我來說就是如此。但回答妳剛才的問題——我曾經與女人交往一段時間。沒成功。

那是愛還是性？

是愛。

（我不想談這個。）

我可以採訪你嗎？跨性別的議題現在正夯。

我不是為了趕流行好嗎？

不，當然不是，我是說，你也是個高知識份子，一位醫生……吃荷爾蒙是什麼感覺？手術恢復得如何？你或許會成為代表人物耶。

波莉，我不是凱特琳．詹納。我也不想要上《浮華世界》。

波莉D看起來真的很困惑。她說：那有什麼不好？

我靜靜吃著乳酪。幾分鐘後，波莉意識到自己需要換個新話題。她給我倒了更多酒。她看向我。

所以你們認識？維多．斯坦。

我認識他。妳今晚火藥味十足。

不是你想的那樣啦……（她鬆開髮圈，讓它散落肩頭，往前湊近）我不信任他們吹的那一套人工智慧。公眾沒有被納入對話，更不用說加入決策了。有可能某天早上醒來，世界就不一樣了。

每天早上都可能發生這樣的事，我說。可能是氣候崩壞。可能是核彈。也可能是川普或博索納羅發瘋。也可能發生像《使女的故事》裡頭寫的事。

我就是這個意思，她說。我們認為變化應該是逐步漸進，讓人們慢慢習慣適應。但人工智慧給人的感覺不同。而且我他媽超討厭那些該死的性愛機器人！

是嗎？智能愛動？遠端性愛？

她笑了。她笑的時候平靜多了，甚至有種善良的感覺。

她說，我得為女性同胞測試這些情趣玩具跟應用程式。太瘋狂了，你知道嗎？甚至有性治療的手機應用程式，像是個你從未交過的朋友。

可能妳從來就不想交朋友吧。

你有朋友嗎？她問。

當然！妳呢？

她沒有回答我，她說，所以你去曼斐斯做什麼？

妳可以去唯康信託基金會的網站讀我寫的文章。

把連結寄給我，她說。你的電子信箱是？

我把連結貼給她。我告訴她，這篇文章談論的是人際關係、心理健康以及機器人對上述二者的衝擊，順道一提，我不認為這些影響一定是負面的。

波莉打斷了我（又來了）。你不覺得性愛機器人會有負面影響？

讓我說完嘛！不僅是這些性愛機器人，小孩很快就會有迷你電子好友作伴——一群胸前有著電腦螢幕的機器人。機器人會唱歌給他們聽、說故事、玩遊戲，這可是媽媽的好幫手。機器人——

波莉又跳回話題：這都是銷售的話術啦，不是嗎？讓我們感覺好像很棒？那麼大型機器人呢？還有真正的人工智慧？

我們離這個目標還很遙遠。

你怎麼知道？

維多知道。

你喜歡他？

是的，我喜歡他。

你們怎麼認識的？

（這才是她真正有興趣的吧？）

妳為什麼想知道？

我試著理解他這個人。這並不容易。他很難以捉摸。

我可不是開啟那扇門的鑰匙喔，我說。

你愛他嗎？

妳講話是不是都不經過大腦？

我只是納悶……看你今天晚上和他在一起的模樣。

謝謝妳請我喝一杯，我說，起身準備離開。

雨變大了。街道空空蕩蕩。我的醫院離這裡不遠。安寧病房區有個彩繪標示，是一位病人做的，他寫道：

愛情如死之堅強。

這段話出自《聖經．雅歌》。

死亡便是我倆相識之處。阿爾科生命延續基金會。亞利桑納州鳳凰城。

未來就是現在

未來感十足的藏骸所。亡者的倉庫。不鏽鋼製的大型墓室。裝填了液態氮的幽域。預付頭期款的永生。形塑虛無的合成樹脂。機會錯過不再的奇蹟。光亮刺眼的太平間。沙漠中的所在地。宜居的小鎮。日落大道。逝者。不良於行。玻璃化大飯店。

阿爾科在一九七二年開業——那一年是中國人的鼠年。地球的終極生存者。

假使你決定要在這間亡者賭場一搏自己的復活機會，過程會是這樣的：

死後抓緊時間——而且最好有戴好口罩的團隊在旁嚴陣以待，看著你嚥下最後一口氣——將你的身體放進冰水，降低體溫到約攝氏十五度。人工心肺復甦器會持續維持血液循環與肺功能。這麼做不是為了要讓你死而復生，而是要防止你的血液在腹腔沉積。

醫療團隊將會你的主要血管接上一台透析機，你的血液會以一種化學溶液取代，以免身體細胞結成冰晶。你會被玻璃化——這跟冷凍不同。填裝冷凍保護劑的過程大約需要四小時，你的頭骨還會被鑽出兩個小洞，以便觀察大腦灌注的過程。

然後在未來的三小時內溫度會進一步下降，以確保你的肉體能如玻璃般冰存，而不是變成冰塊。這就是所謂的玻璃化，不是冷凍。兩星期後，你就準備前往自己最後的安息地——至少是此生的安息地。

我應邀前來擔任現場團隊的成員，這是由一群醫護組成的團隊，萬一你過世的地點距離阿爾科太遠，我們會在最短的時間內保存好你的肉體。

（而我們大多數人離世時都不在附近……）

這份邀約大錯特錯。我屬於一小群變性醫療專業人員的一份子。我們之中某些人也熱衷研究跨人類議題。這並不意外；我們自覺或早已認定自己被裝進了不對的身體。我們當然可以理解任何肉體都是錯誤的這個概念。

跨人類對不同的族群有著不同意義；智慧植入物、基因改造、義肢強化，甚至有機會透過全腦仿真技術獲得永生。

於是，出於典型的語義混淆——對此人類早已見怪不怪——我收到邀約，央請我成為守護生命的白武士。黑武士就是死神。於是我來到這裡，蓄勢待發出手救援。心臟停止後，時間所剩不多，要想阻止人體細胞、系統、組織的崩解，我們得分秒必爭。

從某種意義上來說，假設你致力於維繫生命，便等於你無視死亡的必然。我的工作是延續生命。阿爾科的希望是將人類壽命無限延長。

機構的執行長暨董事馬克斯．摩爾希望我能夠成為他們國際團隊的一員——以我來說，我會在英國活動。馬克斯是英國人。他希望我們也能趕上未來。

我們把這裡叫作阿爾科，他說，因為這是一顆五等星的名稱。只要你視力夠好就看得見，但它跟未來一樣，離我們非常遙遠。

總有一天，馬克斯說，我們將生活在繁星之間。

人體冷凍技術的唯一問題是，沒人知道該如何在不破壞肉體的情況下讓它回復正常溫度。但正如馬克斯指出，達文西在動力飛行出現的幾世紀前就已經畫出了直升機的原型。

馬克斯說，時機總會到來的。向來如此。

他建議我自己四處看看，熟悉一下環境。

於是，我走到了一處看起來如大型不鏽鋼倉庫的地方。除了機器系統的嗡嗡聲，四下安靜。

為了保護隱私，圓艙上都沒有名字，除了其中之一，它比其他圓艙小得多，也比較窄，看起來更像是雪茄管，而不是太空艙。上面的標籤寫著：詹姆斯．H．貝德福博士。

我知道貝德福是全球第一位冷凍保存的人類，那是一九六七年的事了。

一九六九年：太空人登陸月球。貝德福則早已進入艙內。他是人體冷凍法的先驅。長達好幾年的時間，他家人將他收在自家倉庫，自行充填液態氮保存。

最近他被轉移到一個更加現代的容器。金屬艙打開時，在場者莫不情緒激昂，他就像是來自古埃及曼斐斯的現代木乃伊。除了一處肋骨骨折與鼻子塌陷外，他的保存狀態極其良好。等他復活後，這些小毛病都可以用外科手術解決。

有人在我身後開口。這有點像裝置藝術，不是嗎？你有沒有看過達米安．赫斯特放在玻璃中的鯊魚？他是怎麼稱呼它的？《生者對死者無動於衷》。

我轉身，看見一個五十多歲的男人，保存得不錯。肯定打過肉毒桿菌。假使我能找出他耳朵後面的疤痕，就能發現更多證據。緊緻的皮膚，刮得乾乾淨淨的鬍子，深邃活躍的雙眼。他伸出手來自我介紹。

我叫維多．斯坦。

我跟他握了握手。我是芮．雪萊。

他繼續握著我的手：我們見過嗎？

在奇妙的那一瞬間，彷彿身處另一個世界的我想回答：**有**。

沒有，我說。

他看著我，微微點頭。

你會待在這裡多久？

我明天早上離開。我是馬克斯的客人。

啊，是的。那位英國醫生？

就是我。你在這裡工作嗎？

不，不，我是來找朋友的。我都叫他我的「英倫情人」。

他微笑。我也笑了。然後他問，呃，等會你會想喝一杯嗎？忙完你的事情之後？我知道有個地方……

我正準備拒絕。

好，我回答。何樂不為？

時間像是拉鍊，有時候會卡住。

於是，幾小時後，馬克斯回家了，我若是回到旅館，除了打包行李、叫些外賣來吃、看點教人不舒服的電視節目之外，其實沒啥事可忙，所以我坐上維多租來的休旅車，往鎮外駛去。我們沿途經過了小餐館、加油站、大型暢貨中心，正開往某地的卡車，無處可去的拋錨吉普車。發燙的擋風玻璃。沒有盡頭的柏油路。塵土在我們身後飛揚。

我們驅車進入索諾蘭沙漠光彩耀人的一片荒蕪。

你是哪裡人？他問我。

曼徹斯特。

這可真有趣。

曼徹斯特哪裡有趣了？

沒什麼——這個嘛，滿巧的，我的實驗室就在那裡，在大學裡。運作經費來自私募基金，但掛在曼徹斯特大學名下。

我出生在曼徹斯特。現在已經不住那裡了。

你住在倫敦？

對，倫敦。

我們都是全球旅人，對吧？我們走遍世界各地，沒人待在原生地了，你知道全世界有三十六個曼徹斯特嗎？而且其中三十一個都在美國。

這是屬於你的工業革命，我說。

其實，他說，真正受到林肯廢奴政策影響的是蘭開夏郡的棉花工人。曼徹斯特的工人拒絕加工產自蓄奴種植園的棉花。當時全球有百分之九十八的棉花都是在曼徹斯特加工的。你能想像嗎？

時代會變，我說。

沒錯，許多棉花工人因為日子過得太苦，訂了從利物浦到「美利堅新世界」的船票，就這樣讓「曼徹斯特」在美國遍地開花。未來總是承載著過去。

就像人類，我說。

他點頭。男人身上沒有粒線體DNA。粒線體DNA。

我說，男人有，但沒辦法傳給下一代。只有母親才能將它繼續傳下去，它可以回溯我們所有人的母親，對吧？

他說。二十萬年前，在非洲。第一批人類。想想我們花了多長時間才走到工業革命。再想想我們兩百年的進展有多神速。

你會把自己的肉體保存起來嗎？我問他。

當然不會！你呢？

不會！

這太老套了，沒有人會想要回自己滿身是病的肉體。但大腦呢——嗯……大家往這個方向「一頭」栽了進去——抱歉，這雙關語很無聊吧——我確定馬克斯有跟你說吧？你有在他們的網站上看過吧？維多遞給我他的手機。

「神經保存術」為目前世界僅見，以最新科學技術保存人腦的超低溫保存法。大腦是脆弱的器官，將其自頭骨取出必然伴隨有損傷風險，因此出於縝密的倫理與科學考量，我們選擇將大腦留置於頭骨內保存儲放。外界或許會有錯誤印象，認為阿爾科凍存的是「人頭」。在此更精確的說法是，阿爾科以最不會造成損傷的方式，保存了「大腦」。

你真的認為大腦可以重新回復功能與意識嗎？我問。

很有可能，他說。

他放在方向盤的雙手修長乾淨。我很容易去注意別人的手。我是外科醫生。他的小指戴了一枚金色的圖章戒指。

他轉動方向盤，把車開進一處塵土飛揚的停車場。我看見一片搭著白錫屋頂抵禦烈日的有棚走道。仙人掌。沙漠野兔。戶外木桌。吧台邊的旋轉圓凳。美麗的女服務生穿著一件老鷹合唱團〈放輕鬆吧〉的單曲紀念T恤。四玫瑰波本威士忌加冰塊。烤乳酪。日落後的霧霾。大鳥飛越天空。

當然，維多說，我希望能夠上傳自己，將我的知覺上傳到一個非血肉的基體中。不過，就現在來說，這並不是延長生命最有效的作法，畢竟掃描複製大腦內容的手術可能就會要了我的小命。

難道內容不需要配合時空背景嗎？我問他。你的經歷、你身處的環境、你生活的時代？意識不是輕飄飄地浮在空中；它有如層層綿密網絡，相互交錯。

你說得對，他回答，但我相信，流散在外的現代人——我們之中有好多人都覺得自己人在他鄉，像是某種外來移民——在全球、在多元文化間游離，不再扎根一處、不再仰賴家族或國家為我們形塑須與片刻的個人歷史，但這些都讓我們準備好了更以寬廣的角度，放鬆自在地認識自己的情境，認識自己可變的時空背景。

但現在，民族主義正在興起，我說。

他點頭。這是人類在開倒車。恐懼。抗拒面對未來，但未來是無法抗拒的。

我問他是做什麼的。他專長於機器學習和增進人類賦能領域。他先是在劍橋大學拿到電腦科學學士，然後再到維吉尼亞理工學院取得電腦學習博士，研究題目是〈機器人會閱讀嗎？〉接著他跑到洛克希德短暫參與了令人印象深刻的機器人工程研究，而後在DARPA度過了一段神秘時光。DARPA是「國防先遣研究專案」的縮寫，隸屬聯邦政府管轄，資金雄厚，致力於軍事技術，包括無人機與殺手機器人。現在，他擔任萊里人工肢公司顧問，研究智慧人工肢如何與人體完美整合。

但他每天的工作，他說，不過是日復一日地在實驗室裡教機器診斷人類的境況。

祝你好運，我說。我還真不知道人類的境況要怎麼診斷，更不用說怎麼治好它。

要治好它就要中止死亡，維多說。

這是不可能的事。

只有有機生物體辦不到。

女服務生過來了。短裙。微笑燦爛。她發現我盯著她的〈放輕鬆吧〉T恤瞧，誤解了我的意思。但她似乎並不介意：我猜她早就習慣了。她轉過身，背後還印了那首歌的一句歌詞：**我們可能會輸，也可能會贏，但我們再也不會在這裡了**。

有點傷感，不是嗎？她問。

妳想要活到永遠嗎？維多問她。

活那麼久幹嘛，她說。我只要好看健康就可以。可能活到了一百，看起來還像是二十五歲。

如果給妳活到一百，但看起來還像是二十五歲，到時候妳對死亡會有什麼感覺？

女服務生認真考慮起這個問題。也許人類可以設定自然結束？她問，就像《銀翼殺手》裡的複製人？

等這一天真的到來，事情會很難辦。維多說。複製人可不喜歡這個主意。

我覺得難事我應付得來，女服務生說，我現在應付的生活就不簡單。我有個小孩，除了這份工作，我還是個髮型設計師。日子要難就給它難吧。絕望無助什麼的，去它的吧。

你相信她嗎？當她離開靠向另一張桌子時，維多問我。

我相信她相信她自己。這不一樣。

維多點點頭。他說：我想知道，芮，假使你很肯定，只要擾亂了你視為理所當然的一切：例如心靈、肉體、生物學、死亡、生命，就能創造出個人、社會與全球的烏托邦；假使你很肯定結果一定會是如此，你願意冒這個險嗎？

（他瘋了，我想。）

我願意，我說。

他從瓶裡替我們倒了更多波本。酒精的未來會是什麼？我問。

他舉起酒杯。正如我所說，未來總是帶著一些過去。

我感覺他頗好杯中物，但他沒有啤酒肚、泛紅的雙頰、鬆垮垮下巴。他看起來就像是個只喝黃瓜水的健身狂。他一口喝光威士忌，沒碰烤乳酪，我決定連他的份一起吃掉。他看得出來我在想什麼：他說，我不會把蛋白質與碳水化合物混著吃。我們可以晚點再點這裡的牛排。

我明天一早就要離開了。

又不是今天晚上，我們還是可以共進晚餐。

被一個魅力十足的控制狂支配著很讓人放鬆。除了工作，我不喜歡做任何決定。我已經在屍體回收中心過了一整天——接下來就順勢而為吧。美食、美酒加上瘋子是絕佳消遣。

我從心底深處深深感覺到，維多．斯坦是個高功能神經病。

他說，你一定聽過艾倫．圖靈吧？

我點頭。大家都知道吧？他破解了德軍密碼。布萊切利莊園。班奈狄克．康柏拜區完美演繹了那位孤獨一世的自閉電腦天才。

那麼，維多．斯坦繼續，我不曉得你知不知道，圖靈第一次使用**計算機**這個字眼時，他指的根本不是機器，而是人。這個「人」就是他說的計算機……他完全有能力分析機器生成的數據——但或許不知不覺中，在他把計算機當作人類思考時，他對於人類未來的走向已經隱然有種預感了。

我們會走向何方呢？我問。

這取決於你相信誰說的故事，維多說。或者誰的故事讓你更信服。但故事就是故事，你明白的。

我有哪些選擇？我問。

這個嘛，以下沒照特定順序，維多說，但選擇如下：人類將學會如何中止並且逆轉衰老的進程；我們都會活得更健康、更長壽；我們仍然服膺生物學，但我們手上的生物學課本更新更優秀。除此之外，我們還可以利用智慧植入物增進自己，改善提高我們的身心能力。

又或者，有鑑於生物學有其極限，我們決定廢除死亡，至少就某些人而言，我們可以上傳心智，超越自己的生物本體。

我打斷他：但到時我們會變成只是個電腦程式。

他皺起眉來。你為什麼說「只」？你認為肉體對他已經沒用了的史蒂芬·霍金「只」剩下腦袋？他是心智的結晶，毋庸置疑，更是我們至今所見過最特出、最清醒的人類心智，只不過這麼傑出的大腦被困在肉體裡。假使我們能解放他的心智呢？如果他有選擇，你覺得他會怎麼做？

但他的身體一開始是可以正常運作的……

每個上傳心智的狀況都是這樣的——而這讓我得到了第三個選擇。

我決定閉嘴讓他說話。

他微笑看我。他的笑容帶著些許質疑。邀請與挑戰兼備。

他說：儘管有這麼多可能，我們也創造了各種人工智慧，從機器人到超級電腦，而且我們學會了與新創造的生命形式共同生活。這種全新的生命形式最終可能會一口氣淘汰掉所有生物性元素。

或者我們可以繼續過著傳統人生，我說。

他搖搖頭。在我勾勒的未來情景中，只有你的選擇是唯一不可能發生的。

女服務生帶著我們的帳單回來。暴風雨要來了，她說。

維多．斯坦建議我們將休旅車停在停車場，散步一會兒，然後再回去吃牛排。

我喜歡在晚餐前散步，他說。

若是你成了上傳的大腦，又怎麼可能散步呢？

反正到時也不用吃晚餐了，他說。

他大笑。一旦脫離了肉體，你將能夠選擇任何你喜歡的形式，想怎麼變，就怎麼變。動物、蔬菜、礦物。神祇以人類和動物的形態出現，也會把其他神祇變成樹或鳥類。這些都是關於未來的故事。人類向來清楚，我們並不侷限於自己棲息的肉體。

對你來說，現實是什麼？我問。

現實不是名詞，維多說。它不是一個物件或客體。它不客觀。

我說，我承認我們對現實的經驗並不客觀。我對沙漠的主觀體驗就與你的不同，但沙漠真的就在那裡。

佛陀不會同意你的，維多說。佛陀會反駁說，你是外在表象的奴隸，你把現實和表象混為一談了。

那到底何謂現實？

從古至今最厲害的心智都在不斷問著相同的問題，維多說，我回答不了。我可以回答的是，正如意識是種大腦功能的突現性質——你沒辦法從生物學的角度精準地定義它——它和靈魂一樣難以捉摸，但我們同意意識確實存在。我們也認同，目前機器智慧還沒有意識。因此，也許現實也是一種突現性質——它確實存在，但不是我們一向以為的物質實相。

我看見一隻小囊鼠的物質實相朝一處沙漠灌木叢飛奔。我們在感覺到暴風雨來襲前，已經先聽見它了。低沉的轟轟雷鳴，沒多久叉狀閃電在我們頭頂迸裂。

接著大雨傾盆。

索諾蘭沙漠是北美最潮濕的沙漠之一。它有兩個雨季——現在是夏季雨季——雨勢急驟。

雨不會下太久！維多在震耳雷聲間大喊。這是柯本氣候分類中的熱帶沙漠氣候。乾、旱、熱。

我說：你用什麼分類法都沒差了，我們都濕透了。

確實如此。我們彷彿頭上被倒了一大桶水。維多的亞麻藍襯衫緊貼他的身體。我的T恤也在滴水。

維多從口袋掏出一條手帕擦臉。這年頭誰還會帶手帕啊？

那裡有塊突出的岩壁！我們可以躲在下面！

我們朝岩壁跑去。狹窄的空間幾乎擠不下我們兩個人。我意識到他的肉體跟我靠得好近，溫暖潮濕的動物。我拉起T恤擦乾眼睛，感覺雨流順著我的腹部往下滴。當我抬起頭來時，維多正盯著我看。

你在發抖——他說。天氣不冷，但你在發抖。

一陣雷響從我們頭頂撼下了幾塊小石頭。維多將手放在我的肩上。我們最好離開這裡，他說。

我們默默走著。大自然可以消弭所有思緒。我們需要走路，而且此時此刻也沒什麼話好說的。

酒吧的白錫屋頂被大雨打得鏗鏘作響，我看見那位女服務生正在外面的門廊下等我們。

你們需要找個地方沖澡擦乾嗎？後面有個小房間，如果你們願意，我可以替你們把衣服洗洗烘乾。不用一小時。

善良又是從哪裡來的呢？我問維多。

人類從合作中逐漸演化出來的，他說。若只有競爭，人類早就滅亡了。

你有辦法用程式寫出善良嗎？

可以的。

我們站在門廊上，脫到只剩下四角短褲。他的是藍色的，與牛仔褲搭配。我的是橘色。

真可愛。女服務生說，等會進去後把衣褲丟進這個籃子。

妳對所有客人都這麼服務週到嗎？維多問。

當我告訴他們暴風雨就快來時，大多數人不會照樣走進沙漠散步。快進去吧，我替你們倒杯威士忌。

房間很黑。半關的百葉窗後，玻璃滿是沙塵。這裡有一張床，幾把椅子，一台破舊的電視及一個衣櫃。陽春的淋浴間鋪著白瓷磚。

你先吧，維多說。把你的內褲丟給我，我再放進籃子。她在等。

我走進浴室，將內褲丟出去，我聽見維多打開電視看天氣頻道。

蓮蓬頭力道很夠，水也夠熱。我用肥皂塗抹身體，將每一處縫隙的沙子清得一乾二淨。不久後，浴室就像希區考克的電影般白霧騰騰。直到我站離開蓮蓬頭，我才注意到維多進來了。他遞給我一條毛巾。然後他看見了我的身體。

他看見了我胸肌下的疤痕。我看著他的眼神沿著我的身體緩緩下移。沒有陰莖。

時間凍結，很短暫，但也夠久了。

我是跨性別，我說。大約一年前我做了上半身的手術。這些過程需要時間。

我很瘦。肩膀寬闊，算是有點肌肉。當我還完全是個女人時，當我把頭髮紮成馬尾反而會被誤認為是個男孩。還是女人時，我留著及肩長髮。現在我的頭髮短了一點，但我還是會將它綁起來。女人喜歡這種模樣。女人喜歡我。

維多什麼也沒說。對一個能言善道的傢伙來說，這麼做既奇妙又貼心。我動也不動，讓他仔細地看看我。我的陰毛很多，但我的身體很光滑，沒什麼毛髮。罣固酮沒有改變這一切。

我也回望著他。他的胸毛一線延伸到肚子上方。

你的胸毛沾滿了沙。我往前湊近，將沙子刷走。我看見他嚥了嚥口水。他拿走我手上的毛巾，把它繞在腰間，

我以為你是個男人，他說。

我是。但解剖學上，我也是個女人。

這也是你對自己的感覺嗎？

是，沒錯。雙重性別比較接近我認識到的自我。

維多說：我從來沒有見過跨性別者。

大多數人都沒有。

他笑了。我們不是才說，將來我們能選擇自己的肉體嗎？還可以改變它們？你就當自己比未來早了一步。

但我約會老是遲到，我說，我們都笑了。氣氛不再緊張。

等你出去，我再拿下毛巾沖澡。

這條毛巾太薄，有遮跟沒遮一樣。我說（我為什麼要說這些？）你想碰我嗎？

我不是同性戀，他說。

我知道這很讓人困惑，我說。

他靠近我，修長的手指從我的額頭滑下鼻樑，分開嘴唇，摩挲兩顆前齒，拉下我的下唇，接著輕撫我頰邊的一點鬍渣，然後是我那不存在的喉結，那兒只是我喉上的一個小窪，而後他張開手，拇指與其他四指分別輕觸著我兩邊的鎖骨，彷彿在用手掃描我。

他的另一隻手撫摸著我的胸部，停在疤痕上。他不怕面對那些疤痕或它們疙疙瘩瘩的美，對我而言，它們是美麗的，是自由的印記。當我在夜裡摸索，找到它們時，我總會想起自己做了什麼，隨即安然入眠。

他觸摸我的乳頭。它們向來敏感，手術後更是如此。重訓讓我的胸部結實平滑，睪固酮讓我更容易長出肌肉，我喜歡自己堅實的胸部。我們差點要接吻了，但我們就此打住。

他溫柔地將我轉過身背對他。他的氣息吐在我的頸後，他的雙手探索著剛才摸過的地方：胸部、乳頭、喉嚨。我能感覺到他在粗糙單薄毛巾下的勃起。

他吻了我的肩膀，俯身向下。他比我高。溫柔的吻點點灑上我的額頭，然後，他用力將我拉近，手滑下我兩腿之間，開始撫摩。

你濕了，他說。

他的手指在我裡面。

這是……

就是那個，我說。

那這個是？

陰蒂因為睪固酮變得更大了。

敏感嗎？

我的陰蒂有八千條神經。你的陰莖有四千條。所以是的，它很敏感。

他用食指與拇指逗弄著陰蒂，中指插進我身體裡。

每個陰蒂都會勃起，但當你的陰蒂有五公分長，那就更看得出來了。

等一下……

我轉身面對他，解開毛巾，握住他的陰莖，親吻著他。我感覺到它在抽動。

你想要我怎麼做？他問。

你想怎麼做？

幹你。

我們回到房間。他仰面躺下，把我拉到他身上，挪了挪我的屁股。他的陰莖毫無阻礙地沒入，我達到了最極致的歡愉。現在的我高潮來得比還是女人時快，跟陌生人做更是讓我興奮，一切都出乎意料。

我要到了，我說。

我看著他的雙眼，幽深迷魅，彷彿在發光。

我往前撲倒，他的陰莖持續在我身體裡抽動，我的身體貼上了他。他把我翻過來，再次進入我體內，他的前臂抓住我兩側肩膀，頭緊緊地靠在我頸後。

他大約三分鐘就射了。

我們並肩而躺，看著天花板。沒人開口。風雨吹得百葉窗嘎嘎作響。我支起手肘，看著他的臉。

我問，你還好嗎？

你不必因為自己曾經是女人就跑來關心我，他說。

我是女人，也是男人。對我來說就是如此，我在我喜歡的身體裡。但過去，我的過去，並不會因接受手術與否而有所受限。我這麼做不是為了疏離自己。我這麼做，是為了要離自己更近。

他翻身看我。我不知道該說些什麼，他說。

你感覺如何？我問。

我又硬了。

他拉著我的手再次觸摸他。

我坐上他的身體。

這一次慢多了。當他在我體內移動時，我同時擼動著自己的小豆豆，迎向享受。他望著我。

為什麼你對自己的身體如此自在？他問。

因為這真的是我的身體，為我客製化的。

他微笑。喔，天啊……

怎麼了？

接下來會發生什麼事？他問。

什麼意思？

我是貝葉斯的信徒。

那是某種邪教嗎？

不！當醫生難道不用上數學課嗎？

物理、化學、生物學……

好吧，湯瑪斯．貝葉斯牧師出生在一七〇一年，死於一七六一年，他是一位數學家，也是位哲學家。他找出了處理機率問題的公式。他的觀點是，主觀信念會因應著不同的已知事實而有所改變。他寫了一篇影響深遠的文章《解決一個機會論問題的嘗試》。這是神秘主義與數學的綜合體。多數人只關心數學的部分……算了，不重要。我的計算結果是，你是我生命中一個幾乎不可能出現的偶然——機率是零——但你卻出現了。而機率的精髓就在於新出現的數據會不斷改變原先的結果。

我滑出他的屌。所以這就是我？新數據？

他吻了我。最美味的新數據，你會為結果帶來重大的影響。

什麼結果？

此時女服務生在外面喊。

兩位帥哥！你們在裡面還好嗎？

「就我看來，」在給出版商約翰・墨瑞的信中，拜倫寫道，「對一位十九歲少女而言，這是部再美妙不過的作品了——不，事實上，寫作當時她還不到十九歲。」

你必須為我創造一位女性，讓我能與她分享生命必不可少的同情體恤，一同自在生活……我要求的是另一種性別的生物，但與我同樣醜惡駭人。誠然，我們將是與世隔絕的怪物，但也因此，我們將更加緊密相依。我們的生活不會快樂，但將不致危害他人，我也將從眼下折磨著我的苦痛中解脫。

如果你同意，無論是你或是其他人將再也不會見到我們：我會遠走高飛，去到南美的曠野蠻荒……我的生命將悄悄流失，若果如此，在我垂死之際，我必不會詛咒我的創造者。

我丈夫與拜倫在湖上，屋內燠熱窒悶。外面不再下雨，房子卻開始反潮，這讓它彷彿四處可見幽靈出沒，人類的思緒會將眼前的氤氳幻化成我們認識的形態。

我們究竟認識什麼？我們又懂些什麼？

在創作故事的過程中，我教育著我的怪物。我的怪物也教育著我。

故事的進展迫使我產生質疑，這樣的一個存在會有什麼樣的欲望？牠會渴望有伴侶嗎？牠能生兒育女嗎？牠的後代是否駭人畸形？或者會是人類？假使不是人，那麼這樣的生命形式又會創造出何等的生命？

我同感著維多．弗蘭肯斯坦心靈的痛苦；他創造出了一個怪物，卻無法摧毀牠。時光無情。時光不能倒轉。覆水難收。

就這樣，我創造了怪物與牠的主人。我的故事已然有了生命，我必須繼續寫下去，少了我，故事就走不到結局。

我造出的怪物人人避之唯恐不及。牠與眾不同，以致沉淪墮落。牠落葉飄根，無以為家。牠根本不是人類，但牠所學到的一切卻全數源自人類。

昨晚我與雪萊竟夜未眠。他渾身脫得精光，只剩下襯衫。他白皙的身軀在月光下閃亮耀眼。我深信男性肉體是最完美的形式。這就是我的怪物可笑之處，儘管和男人比例相同，牠卻像是怪物般嚇人。

我用手輕撫雪萊的腿，從腳踝直至大腿根部，弄亂了襯衫皺摺，也讓他分了心。他溫柔拉開我的手，先不顧取悅自己。**我在想**，他說……

我們一起討論故事的標題。我們同意，不應該出現「怪物」這兩個字。

我腦子迴響著一句他的詩，出自我很愛的這首〈阿拉斯特或寂寥的靈魂〉。他朗誦給我聽，一面站起身來，在房內踱步，他的雙腿猶如雙翅般撲動，帶著他迅速移動。生在腰下的翅膀？他會是個什麼樣的天使啊？我的天使？

聽聽他怎麼訴說：

寂遠孤獨的時刻
奇異之聲自暗夜寂靜生發
彷彿靈感迸發的絕望煉金術師
將自己的性命孤注擲於某種闇黑希望，
若我能將可怕的對話與質疑的眼神
與我最純真的愛結合……

他繼續說，一面踱步，踱步……

好杜撰故事／解釋我們究竟生為何物

我該幫它取名為《我們究竟生為何物》嗎？

但他已經在談論普羅米修斯了。維多．弗蘭肯斯坦就是現代的普羅米修斯。普羅米修斯從眾神那裡偷了火，以肝臟作為代價。

我該幫它取名字為《新普羅米修斯》嗎？

妳想想！雪萊說。普羅米修斯的懲罰是被鍊在無處可遮蔽的岩石旁。每到黎明，宙斯就派一隻老鷹扯出他的肝。每天晚上祂的身體卻又完好如初。囚禁在岩石旁的他，皮膚理應早就曬傷，顏色與質地就如一只老舊皮包，只除了那日復一日，細膩柔軟宛若新生嬰兒皮膚的白皙傷口！

想像一下！老鷹站上他的髖骨，強而有力的雙翅不斷拍打，保持平衡，尖喙撕裂血肉，以便大啖那最溫軟的戰利品！

當他說話時，儘管那畫面聽來是多麼地莊重嚴肅，但我的思緒卻徘徊在新近讀過的幾本小說。（女人就是這樣，拜倫會如是評論……）

塞繆爾．理查森長達七冊的《克拉麗莎》。當然，也別忘了《帕梅拉》。接著，如果說起珍．奧斯汀，不得不提一八一五年剛出版的《艾瑪》，雖說有些些家常流水帳（她家住巴斯），但讀起來十分愉快。

若用人名作標題，感覺滿適合的。

雪萊！我說。雪萊！我要叫我的故事：《弗蘭肯斯坦》。

雪萊停住腳步，也不再唸詩。他說：就這樣？

對，我的愛，就這樣。

他皺起眉來。好像少了什麼，親愛的。

我也回以蹙眉。那麼，我的愛，還是叫它**維多．弗蘭肯斯坦**？（現在的我想起了《項迪傳》，很古老的小說，就放在我父親斯金納街住所的書架上。）

不對，雪萊說，因為妳寫的不只是一個人的故事：兩個人互相住在對方體內，不是嗎？怪物體內住著弗蘭肯斯坦，而弗蘭肯斯坦體內也住著那個怪物？

沒錯，我回答，這就為什麼怪物沒有名字，因為牠不需要。

有哪個父親不替孩子取名呢？雪萊問。

一個被自己創造的東西嚇壞的父親。我說。

那麼，瑪麗，妳自己決定好了。妳是這個故事的父親，也是母親。妳要替**妳的**創作取什麼名字？

是的，我是瑪麗。與我母親同名，也是我父親留作紀念的小玩意。我清楚，不替那困擾我心思的東西取名，其實是在否定牠的存在。但是，我們又該如何為一種新的生命形式命名？

好幾個小時過去了。紅酒讓我們都醉了。覆滿灰塵的羊乳酪。醃蘿蔔。黑麥麵包。綠橄欖油。從豬骨現刮的新鮮火腿。跟拳頭一樣大的蕃茄。燕麥餅乾。藍色沙丁魚。我的蠟燭熄滅了。好幾個小時過去了。

夜幕降臨，繁星滿天。睡眠與美夢的無聲時刻。其他人都已沉醉夢境與酣眠。房子如鬼魅般吸吐。我無法入睡，星星就是我冰冷的陪伴。我想起我的怪物，在外面孤零零地獨睡。

我的怪物能夠創造出另一個像牠一樣的生物嗎？如果牠有個伴侶呢？我要把自己的憎惡放進維多．弗蘭肯斯坦心中，而他一開始，會答應進行為他的怪物創造伴侶的可怕任務，而最終，他會深信自己必須摧毀這個造物。

我們出於恨而毀滅。我們出於愛而毀滅。

＊

昨晚拜倫宣稱普羅米修斯其實就是蛇的故事——他指出，得到知識就必須受到懲罰，正如伊甸園的故事：夏娃吃了樹上的禁果。

那麼潘朵拉與她那該死的寶盒呢？波利多里問。又一個不聽話的女人。

有人在說妳耶，克萊兒，拜倫用他的跛腳戳戳她。

潘朵拉是誰？克萊兒問，她根本不懂拉丁文或希臘語。

最有耐心的雪萊，天生就是當老師的料，他解釋起普羅米修斯有個兄弟叫埃庇米修斯。為了懲罰人類竊取火，宙斯讓潘朵拉當了埃庇米修斯的新娘。天性好奇的她開了不該打開的罐子，從此所有困擾人類的疾患弊病就這麼飛了出來——病痛、悲傷、衰敗、損失、苦澀、妒恨、貪婪……它們像蝴蝶飛蛾般傾巢而出，雪萊說，在人世間產卵繁衍。

房間太潮濕了，拜倫說。牆壁正在剝落。白天的炎熱根本幫不上忙。

因為我們在湖畔，雪萊溫和回應。

我想知道……克萊兒開口。

老天爺救命啊，拜倫喃喃自語。

我想**知道**為什麼人類所有的毛病都得歸咎到女人身上？

女人很軟弱，拜倫說。

或許是因為男人需要相信這一點，我說。

村婦之見，拜倫說。

我要抗議！雪萊說。

開玩笑的，拜倫說。

也許，我說，是女人把知識帶入了世界，而且不比男人來得少。夏娃吃了蘋果。潘朵拉打開盒子。假使她們沒這麼做，人類會是什麼模樣？自動機。跟牛差不多。別無所求的豬。

把那頭豬帶來給我看看！克萊兒說，我要嫁給那頭豬！

為什麼生命中一定要有痛苦？

作者註：這是克萊兒一生中講過最深刻的一句話了。

就像女人……拜倫說（他指的是痛苦）。我們被痛苦淨化了。

（這位淫逸大帝還真有臉說。）

被痛苦淨化？克萊兒問。那麼生下孩子接著又失去他們的女人也都被淨化了。

野地的動物也會有同樣的痛苦，拜倫說。所謂的痛苦並非源自肉體，而是靈魂。

要不要試試看替一個還很清醒的人鋸下一條腿？我們給他灌了半瓶白蘭地，另外半瓶倒在他的截肢處消毒，波利多里說。我告訴你，在那邊尖聲慘叫的不是他的靈魂。

我承認他在受苦，拜倫說，但他承受的這般痛苦無法洗滌他的靈魂。總之，我說的這些是為了不跟女人一般見識！我的媽啊！這些娘們真覺得自己受了多少罪啊！

放你個屁，克萊兒悄聲回嘴。她一整天都在喝酒。他沒聽見。

我走向前打圓場。我說，如果我們先拋開這些令人煩躁的性別議題，我們所擁護的意見是任何帶來知識進步的作法都應當受罰，還是知識進步本身就是懲罰？

盧德派正到處砸毀紡織機呢，拜倫說。在我們正品嚐美酒、大啖美食的這當下，在英國，英國家鄉的他們正在砸毀紡織機。紡織工一點也不樂見工業的進步。

不，雪萊說，不是這樣，事實上，你在國會通過《機器破壞法》時，是英國少數支持他們的訴求，支持盧德派主張，不惜和自己的階級、同類對著幹的上流人士。

那個法案合情合理，波利多里說。我們不能容忍破壞萬物必然秩序的壞份子，更不用說採取暴力。

這些新發明難道就不是破壞嗎？我問。強迫人們為了與機器競爭，必須賺取更低的薪資，這就不是暴力？

這是進步！波利多里說，我們不是與進步站在同一邊，就是在跟它作對。

沒那麼簡單，拜倫說。瑪麗之所以會有這些情理考慮，其實沒錯，所以我才投票反對法案通過。

我懂那些男人——是的，還有那些女人在想什麼。工作維繫了他們的生計與人生。他們技術嫻熟。而機器無知無感。什麼人會袖手旁觀，親眼看著自己的人生被步步毀滅？

（在這裡的每一個人！這是我私下想立刻回嘴的答案，我突然意識到，我們的生活方式，總是斤斤計較於沒有得到的美好，或緊抓我們既得的利益不放，假使我們敢……）

我當然沒這麼說。我說：拜倫！機器的前進的步伐是現在式，也將持續到永遠。盒子已經打開了。已經發明的無法收回。世界正在改變。

拜倫看著我的眼神很陌生。這個對自由如此熱情的人竟然會害怕命運的必然。

自由意志又算什麼？他問。

這只是少數人的奢侈品罷了，我回答。

我們很幸運，雪萊說，我們可以而且正在享受自由意志。我們的人生就是開放心智的人生。機器無法模仿複製心智。

贊成！贊成！醉到幾乎沒意識的波利多里附議。（看著他，看著克萊兒，我心想，機器可不會酗酒。）

克萊兒站起身來，拿著她的針線活跟熨斗翩然起舞，看起來很危險。她不小心絆了一跤，倒進帥帥地站在壁爐旁的拜倫懷裡……

小貓寶貝喬喬。我已經警告過你不要這樣叫我！他一把將她推開。她狂笑倒在扶椅上，假裝害怕地躲在那堆縫紉布料後面。

她說：模仿心智的機器！哦！這種事總有一天會成真的！沒錯！對！想像一下，男士們，萬一有人發明了一台會寫詩的紡織機，各位會作何感想！

哈哈哈哈哈哈哈哈哈哈哈哈！

她整個人笑得不能自已，裸露的肩膀不斷顫抖。鬈髮晃動。洋裝下的乳房彷彿歡愉的果凍。她停不下來。**詩意的紡織機**！一整排字句做的梭子！一位織寫的詩人。我織寫的詩……

哈哈哈哈哈哈哈哈哈哈哈哈！

雪萊和拜恩極度驚恐地盯著她瞧。我看見他們的表情變得如蠟像般僵硬，滿臉不可置信與憤怒，即使一隻從墳墓伸來的手穿出別墅地板，也無法嚇得他們變色至此。沒錯，克萊兒把最崇高的使命，是的，那偉大的詩歌藝術描述為一台死板的紡織機能輕易創造的產品。

拜倫什麼也沒說。他站起身來，一跛一拐地走到粗糙桌面上的紅酒旁，拿起石酒壺——我確定他就要朝她扔過去了——將酒倒進喉嚨。然後，彷彿還沒從恍惚間清醒過來，他搖鈴要人送上更多酒。

我瞥了一眼雪萊，我的艾瑞兒，這自由的靈魂，鎮日想像自己被囚禁在文字的紊亂線團間。

人是萬物之元。拜倫說。詩是人類創物之元。

*

人就是猿，猿猿猿猿猿猿……克萊兒瘋了。她在房間衝來衝去，高呼**猿**。

拜倫勳爵擺平了這樁事。他如憤怒的神祇般繞著她轉，雙手抓住她的肩膀。她不高。

給我滾上床！小姐！

她與他對峙，離那張不爽的俊臉不到兩公分。她張開嘴，打算違抗的他命令，卻又閉上了嘴。她看見了他的怒火。她默不作聲，卻毫不畏懼，從椅子上抓起自己的針線活就往外跑。

我們任她離開。僕人端進更多酒來。大家都狠狠乾了一杯。雪萊的身體在我旁邊打顫。我握住他的手。

拜倫轉向我，撫平自己的一頭亂髮。

我們重頭開始，他說。回答妳的問題，瑪麗，對，我認為，所有思想或發明的進程都必須付出代價。革命也是如此。革命伴隨著血腥殘酷，人們的損失如此慘重，換來的結果從一開始看來是如此微不足道，但積少成多，就是這麼一丁點，一丁點的累積，為新世界帶來了光明。

那你為什麼挺盧德派那群人，我問，假使你全力支持他們所摧毀的發明？

沒有人應該成為機器的奴隸，拜倫說。這有辱人格。

人也會當他人的奴隸，我說。而且女人到哪裡都是奴隸。

人類從古至今就存在著階級制度，他回答，但若看到自己為之奮鬥的一切被幾塊金屬與一堆木頭取代，那可會讓人發瘋的。

如果他擁有這台機器，那就不一樣了，雪萊說，這個人因為機器為他做原本的工作，有了閒暇時間。

這就是你有生之年想親眼見識的烏托邦嗎？拜倫對他微笑。

未來，雪萊回答。總有一天會到來的。

當下眾人沉默許久。波利多里早就睡著了。陰影變長。遠方的湖上傳來哭聲。而我們卻清醒得很……

瑪麗，妳的故事有進展嗎？拜倫問。

有的，我說。我的怪物成型了。

肢解遺體容易多了，波利多里說。他也許是突然驚醒，或者之前只是在假裝睡避免衝突。記得我說的，我可是醫生！沒錯，記得我說的！用鋸子比較容易，喔，沒錯，拿針線就難得多了。要鋸不是要縫……欸，這句滿讚的對吧，拜倫？要鋸不是要縫……

拜倫打了個呵欠。

在愛丁堡的醫學院裡，波利多里說，我們要縫合自己解剖的遺體時，用的是補魚用的黑色絲線。

黑色？拜倫問。這是必要的，或只因為這樣比較有恐怖氣氛？

波利多里終於逮到機會忽視他。瑪麗！妳如何處理牠的腸胃系統？我是要問，牠會拉屎嗎，妳這隻怪物？還有牠一次**拉**多少啊？

拜倫被這話題逗樂了。雪萊完全沒有。這兩人在公學的經歷大相徑庭。我感覺話題很快就要轉向泄殖腔。

我說，男士們！我是在說故事。一個令人不寒而慄的故事。我可不是在編解剖學課本。

說得好，瑪麗！拜倫敲敲桌子。別管波利多里這隻亂咬人的跳蚤了。

你說什麼？

拜倫的眼光穿過他，彷彿自己看見的是幽靈，接著施展他的渾身魅力對我微笑，專心看著我。如此聚精會神，又滿懷憂思的雙眼。在他執起我的手親吻時，連雪萊也不安地扭動了一下，拜倫說，瑪麗！要不要唸一段給我們聽？就當打發時間？然後我就該回到床上打妳妹妹屁股了。

是繼妹，我說。

好啊，為我們唸一段吧，親愛的，雪萊說。

我從書桌上拿了自己的幾頁內容。生命還真奇怪；生命開展出了我們的日常現實，但我們敘說的故事卻足以讓日常一夕破滅。

我已經寫下的故事還沒有固定章節順序。全都只是我的零碎印象。或許亂無章法，但對故事中揭露的悲劇而言，這再真實不過了——因為在悲劇中，我們總是明白得太晚。關於冰上追逐的一幕我有幾個想法。維多．弗蘭肯斯坦追著他的造物。疲憊不堪，幾乎只剩一口氣，最終被一艘探險船救起，那位船長——我把他取名叫沃爾頓——則會講述故事的這一部分。

這就是我的計劃。

然而，萬一我的故事有自己的生命呢？

我們的生命由時間的直線勾勒，然而暗箭卻從四面八方射來。我們一步步走向死亡，同時許多我們幾乎不了解的事物卻一來再來，為了我們好而傷害我們。

我的故事就是一個圓。它有開始，有過程，有結局。但它不是傳統羅馬驛道，有始有終。就目前為止，我也不知道自己最終目的地在哪裡。但我相信，假使真的存在，這一切的意義，就在圓心。

我無所畏懼，因此所向無敵。

你說什麼？拜倫問。

這是我故事裡的一句話……我可以開始唸了嗎？

我抵達山頂時已經近午。我俯瞰腳下的山谷：龐然薄霧緩緩從河面升起，在對面的群山間縈繞徘徊，山峰藏身在整齊一致的雲海之後，此時，大雨自漆黑天空傾盆而下。風一吹，雲層消散，我緩緩踏上冰川。那上面凹凸不平，宛若洶湧翻騰的大海。

五公里外，白朗峰巍然矗立，令人望而生畏，我待在岩石凹洞，讚嘆凝視眼前的奇妙美景。大海，或者更確切地說，這片巨大冰河，在山巒間蜿蜒盤旋，山巔傲視其腳下河面的起伏，冰封的峰頂在透過雲層的陽光下閃閃發亮。剛才哀愁的我，心情隨之雀躍；我歎道——「流浪的眾靈，假使你們當真遊蕩飄零，不願在狹窄的床上安息，就讓我享受這微弱的喜悅，或帶我當你們的同伴，遠離俗世歡愉吧。」

我說話的當下，突然瞥見一個男人的身形，以超人速度朝我逼近。他越過冰罅：體型遠比正常男人魁梧。那形體越來越靠近我，我才知道，原來是我所創造的可怕東西……

人工：由人類製造或生產。

智慧：智力、心智、大腦、腦子、腦力、推理能力、判斷、推理、理性、明白、理解、敏銳、機智、感受力、洞見、觀察力、觀察、洞察力、洞察、鑑別力、犀利、心思機敏、捷才、機靈、精明、明辨利害、直覺、靈敏、適應力、伶俐、聰慧、才幹、能力、天賦、才能。

邏輯能力、理解、自我覺察、學習、情感認知、推理、規劃、創造力與解決問題能力。

為求理想適應與個體切身相關的生活環境，從而進行選擇、型塑真實世界的心理活動。

一般而言的智慧：因應環境變化的適應能力

智慧追著我跑，但到目前為止，我都佔了上風。

我知道我很聰明，因為我知道，自己一無所知。

芮？

我是。

我是波莉D。

妳怎麼知道我的電話？

就寫在你的電子郵件下面。

哦。好吧。

我需要跟你聊聊維多．斯坦。

我已經告訴過妳了——

他不是表面的那樣，至少，不只如此。或者，他沒那麼有本事。

妳究竟在說什麼？

除了一間在日內瓦註冊的公司，我找不出這個人的任何底細，他的父母、他的過去，什麼都沒有。

他曾經在美國工作……

沒錯，但他在維吉尼亞理工學院的紀錄與他在DARPA的檔案不符。

如果你在替軍方工作，資料本來就會被控管，我說。

那倒是。（她的聲音遲疑了。）但是為什麼？

我不知道，我也不在乎。妳又為什麼這麼感興趣？

你難道不感興趣嗎？
他是朋友。
不要因為你愛上他就保護他……
不要為了有故事寫就四處獵巫。
我切斷對話。

瑪麗？
怎麼了？
妳邊睡邊說話。妳睡不好嗎？
我的故事讓我惡夢不斷。它主宰了我的心思。
快休息吧！只是故事罷了。
連你也這麼說？別人尚且如此，但你也這樣？
對。
你不是深信我們由思想塑造，我們的思想就是我們的存在？
我的確深信如此。
這個故事已經成為了我的現實。我睡不著吃不下都是因為它。
喝點白蘭地吧。
我覺得我看見他了。
誰？
維多・弗蘭肯斯坦。今天早上在市場時。
他是日內瓦人，對嗎？
對。所以就算他出現在這裡也不意外。
瑪麗，這個人不存在。

他不存在嗎？

快睡吧。（他牽起我的手。）忘掉那個畫面吧。

當下就是真實。

浪費它們就太可惜了，維多說。

我替他帶了一組身體器官。在A&E工作就有這種好處。

我們人在曼徹斯特，這裡是維多的辦公室，雨正如平日的曼徹斯特，下個不停。

盒裝人類。這是一條路，維多說，從冷藏庫拆封人腿、人手，或是半條腿、半隻手臂。說真的，芮，一旦把人類看成四肢與器官的綜合體，說到底，人類究竟是什麼？只要你的頭還在，其他配件差不多都可以拆掉，不是嗎？然而你不喜歡智慧不受肉體羈絆的概念。這很不理智。

我們之所以存在，正因為我們有肉體，我說。

任何一個宗教都不會同意你的觀點。當然，自啟蒙運動以來，科學向來與宗教界立場相左——但如今，我們又回歸，或者抵達了——探索深究身而為人意義何在的道路——我是指，我們正朝著跨人類的道路前進。只要謙遜一點，你就有辦法想得更加透徹。

真是謝謝你幫我上了一課。我說。

我只是想幫你一把……這條腿真美，是誰的？維多說。

摩托車意外，我說，年輕女子。

維多說：我與萊里士人工肢共同開發的假肢能夠做到完美吻合關節，同時對當前的動作做出反應，維多說。新的義腿可透過智慧植入物程式控制，走起路來就跟原本的腿一樣。我們每個人都有不同的走路姿勢。

他拉開一只裝滿人手的袋鍊，拿起一隻手放上自己的臉，從僵硬紫青的指間凝視我。他被擋住的雙眼，看來狂野明亮，猶如一隻夜行性動物。

可以不要這樣嗎？我問。

他繼續拿著那隻手，彷彿像是在跟它握手，彷彿它接著一個隱形的人體。他說：人手讓我著迷——想想那些獸爪跟鳥爪，再想想手具有的演化優勢。之後再想想外表跟我們沒兩樣，卻擁有超級力量的雙手。

把你捏碎最好，我說。

你今天心情很好嘛，他說。

也許當個偷屍賊帶壞了我優雅的生活品味。

一切立意都是良善的，維多說。

他邊說話邊來回彎折著死人的手指……手是艱鉅的挑戰，考驗著優秀藝術家的本事——她有辦法畫出手來嗎？

人手靈巧得令人難以置信。到目前為止，即使是漢森實驗室也無法讓它的機器人完美複製這種本事。索菲亞的雙手很不錯——但你還是知道她是個機器人。

你厲害呢，還知道她是機器人！我說。你有想像過一個我們無法分辨誰是機器人的未來嗎？

這就是圖靈測試，不是嗎？維多說。圖靈想的是人工智慧，而不是機器人，但他的觀點是，假使人工智慧可以騙過我們，讓我們在對話時認為它是人類——就想成是你現在與Siri、Ramona或Alexa，或其他聊天機器人對話的加強版——那麼我們的生命形式將會平行共生。

你想要的是這個嗎？維多？平行的生命形式？

機器人？就我個人而言，我更傾向將機器人開發成一種完全獨立的生命形式，低於經過植入式修改的人類水準，只能當我們的幫手與照顧者——無法與我們平起平坐。

但假使你問的是有身體的人工智慧——那麼我不確定我們能否分辨得出誰是人類，或做出哪一種表現才是真正的人類。更有意思的是，ＡＩ就能分辨出來嗎？我認為，這對雙方來說是相同的難題。

ＡＩ是為了替我們帶來好處，沒錯吧？

他笑了。聽聽你這殖民者的口氣。

我在你心中一直是個低於水準的人類笑話嗎，維多？

他走到我身邊，舉起他的手——他那美麗的手——輕撫我頸後。他看起來很內疚。

我只是想逗你開心。請原諒我。我想說的是，這一切爭論，報刊文章、聳人聽聞的電視節目、惟恐天下不亂的謠言、歡聲雷動的科技宅集會、頭腦清楚的中國科學家，我們完全從自己人類的角度出發——就像自私地為孩子規劃未來的直昇機父母，渾然不知我們的孩子終究會獨立發展，走出自己的路。

我們的孩子？你把它們當作孩子？

我們心智的孩子，沒錯。

他往後一坐，身形修長，一派優雅，冷漠一如既往。他說：想像全新的生命型態與我們同住的時刻……不只是我們的工具——而是跟我們生活在一起。

性愛機器人！我說。朗恩・洛德的烏托邦！

不要管那些他媽的性愛機器人啦，維多說。它們只是玩具。性愛家電。根本不值得一提。

但當男人開始想跟它們結婚，就不一樣囉……（我想要惹毛他。）朗恩・洛德，實踐個人自由的新英雄。追求跨種婚姻平權的鬥士。

（我覺得維多想把我殺了。）

芮，你是想聽我說下去還是只想抬槓？

我只是開開玩笑……

維多緩和了下來，剛才波濤洶湧的自我意識此刻靜如止水。我愛他，但他極度自我。還好他沒辦法讀我的心。好的，維多，請繼續。謝謝。

維多繼續說——

目前，電腦在數字處理和資料分析方面極其出色。我們可以編寫程式，讓電腦好像在與我們互動，這很好玩，但事實上，那與我們預期人類會採取的互動模式不同。但要是程式自行開發出了一套我們所謂的意識——開始能夠以人類意義的「認識」去認識螢幕另一端的某人／某物，那它會發現什麼？

我們？

我們。

他打開螢幕。

他的螢幕保護程式是一隻在紐約街頭小販買香蕉的大猩猩。

他說：人類將會變得像是垂垂老矣的仕紳。我們擁有一棟名叫「往昔」的雄偉大宅，年久失修，終究要成為斷垣殘壁。我們還有一塊被稱為「地球」的土地，但我們沒有照顧好它。此外，我們有美衣華服，也有很多故事好說。我們就是衰敗的貴族。我們就是穿著被飛蛾啃蝕的絲綢洋裝的白蘭琪・杜布瓦。我們也是沒蛋糕可吃的法國瑪麗皇后。

我看著他說話。我喜歡看他說話。他說話時也喜歡人家看他。他天生是個表演者。

他走回那袋人類配件，將斷手放進夾鍊袋收好。他說，有個恐怖故事是這樣的，一隻手脫離了主人，自己過著很糟糕的日子，甚至還會掐人、嚇小孩、偽造支票等等。如果是現代，它會在推特上故意發表惡意言論。

我說，朗恩·洛德告訴我，他正在設計一隻會幫人打手槍的手。

維多笑了。很好，我相信這會大賣，是裝在娃娃上還是獨立的？

我沒問。

維多把我拉到他身邊——在死氣沉沉的人體部件間，他生氣盎然。

這一切都不如你來得棒。他說。

我很棒？

棒透了。

他把我的手移到他的胯下。

這就是我對你的意義？我問。

你的手？不是。

性玩物。

你不喜歡我們做的事嗎？（他把陰莖從褲子裡掏出來。）

你知道我喜歡（我在手掌上吐了口水。）

那為什麼要抗拒快樂呢？

因為不想痛苦。（他享受了四分鐘沒有痛苦的時光。）

他說，你這樣我無法理性思考。

他喜歡緩慢的動作，他喜歡我將頭靠在他肩上，他喜歡將手放在我的臀部，我喜歡他的味道。雙足動物。一個想要擺脫自己肉體的男人。但我正在用左手握住他的肉體。

他說，我能進去嗎？

好。

他坐在不鏽鋼長椅上。他的手往後支撐。我跨坐在他身上。現在他的頭靠在我胸前。我知道怎麼動。他進來了。

我愛你。他說。

我想讓時間停止在這一刻。我想相信這句話。我想要他的愛有足夠的鹽份，讓我能乘著愛漂浮。我不想一輩子就這麼載浮載沉。我想信任他。我不信任他。

你愛的是我的概念，我說。

因為你是混性別？

是的。（我們之前也有過類似的對話）。

你也是人。（他撫摸我的頭髮）

這正好可以讓你有大展身手的舞台……

他摟著我。緊緊抱著我。他聞起來有羅勒與萊姆的香味。他說，這重要嗎？人類會演化，人類持續在演化。唯一的區別是，我們如今思考設計著自己演化的方向。時間——演化的時間——正在加速衝刺。我們不再等待大自然了。我們都得成長。甚至所有的物種都必須成長演進。這已經不是適者生存的時代了——如今是智者生存。我們就是最聰明的物種。沒有其他物種能夠操縱擺布自己的命運。而你，芮，美麗動人的雌雄同體，無論你是什麼，你改變了自己的性別。你選擇干預自己的演化。你加速實現了自己的各種可能組合。這點非常吸引我，怎麼可能沒有吸引力呢？你就是異境與現實的合體。你身在此處、當下，卻又是未來的先驅。

我想爭辯，但他讓我興奮了起來，我想要他。

現在輪到我利用他了。我喜歡他半硬的陰莖靠著我那五公分的陰蒂。我騎在他上面，看著螢幕上買香蕉的大猩猩。我的高潮如浪潮一陣陣湧上，這就像女人，不像男人的大爆發，而且它們持續得更久。當一開始罣固酮改變我的體質時，高潮讓我極其疼痛，過度強烈，既短暫又無法控制，彷彿一頭撞上卡車。我想躲開，卻怎麼樣也逃不走。我對性愛的渴求太強烈了。後來，高潮慢慢找到了平衡，但我還是想要／需要它。而且，是跟他一起。

我在他身上迎來了高潮，眼前短暫一黑。性愛的這瞬間就像吸毒一樣。我渾然忘我。我繼續在他上面動著，力道放輕了些，榨出最後一點原始的感官愉悅。

我喜歡你的屌，我告訴他。當你成為一個裝在盒子裡的大腦時，你會想念這一切的。是我會想念還是你會想念？他將我推開，俐落地穿起褲子，把屌擺向左邊。他說，性愛是在腦中進行的。

你別想唬我。我怎麼覺得是你的屌在進行。

快樂受體到處都是，他說。即使是盒子裡的大腦也有。

好吧，那我們來想像一下，只是好玩。我說。你會為自己選擇什麼樣的肉體來體驗世界？

他說，我喜歡男性的身體。這一點不會改變——至少在我不需要肉體之前。但如果我真的可以選擇一具肉體，嗯，我會做點修改：我想要有翅膀。

我盡量不笑出來，但我實在忍不住。

翅膀？像天使？

對，天使。想像祂的力量。想像祂的存在。

什麼顏色的翅膀？

不要金黃色！我看起來會像李伯拉斯。我不是同志。

是嗎？我說，捏捏他的蛋蛋。

我不是同志，他說，就跟你一樣。

我不覺得自己適用二分法，我說。

你不是同志。他搖搖頭。

對，我不是。但你是。管你有沒有翅膀，是天使還是人類，你不想要自己是個同志是嗎？維多？

他起身對著鏡子梳理頭髮。他不喜歡這段對話。他說，我想要什麼並不重要——比如想買新車。重要的是我是誰——我的認同，我的身份。我們會做愛沒錯，但當我們在做愛的時候，你對我來說不是男人。

你怎麼知道？你又沒和男人做過愛……有嗎？

他不回答。

總之，我說，我看起來就像個男人。

他在鏡子裡對我微笑。我也能從鏡子看到他身後的自己。我們看起來很有型。

他說：你看起來是個像是女孩的男孩，也是個像是男孩的女孩。

也許是吧（我知道我是），但是當我們走在一起時，不管喜歡與否，在世人眼中，你是和一個男人走在一起。

你沒有陰莖。

你聽起來就像是朗恩．洛德！

這倒提醒了我——我得打電話給他。你聽好，我已經說過了，但我再說一遍——如果你有陰莖，那麼我們在亞利桑納的淋浴間發生的事……

淋浴之後，你上了我……

他將手指放在我的嘴唇上，要我住嘴。就不可能會發生。

*

他走到咖啡機前，開始裝水。

我說假使肉體是暫時，甚至是可更換的，為什麼我的存在又如此重要？

他沒有回答，他把頭埋進櫃子裡，找著Nespresso咖啡膠囊。我可不想輕易放過他。

所以，維多，假使我決定做下半身的手術，把屌裝上，你的意思是你就不會要我了？

他站起來轉向我。

一年五百鎊收入加上自己的屌……

你在說什麼，維多？

你不太讀書喔，他說。我猜那是因為你都在搞科學。

你自己也在搞啊！

我是在逗你啦，芮，你不看書，但我喜歡看書。這是瞭解程式設計將何去何從的唯一之路。我們就像在履行早已被預言注定的事。型態的變化。脫離軀體的未來。永恆的生命。只有全能的神不役於大自然的衰敗力量。

閉嘴啦，你這笨蛋！我正試著跟你分享一些真心話……

他忽略我。他說，具體來說……（他不打算閉嘴）……伍爾芙寫了一篇標題叫作〈自己的房間〉的文章。她認為，為了盡情發揮她們的創作力，女性需要有自己的房間和自己的錢。

她說得對，我說。

你知道嗎，她也寫了第一本跨性別小說？那本書叫《歐蘭朵》。我會給你買一本精美的精裝版。

你認為我是個玩具，對吧？

我不知道自己是怎麼想的。我第一次在亞利桑納就告訴過你了，你讓等式兩邊不均衡了。

什麼等式？

我的等式。

我不說話了，因為他就是他自己的世界中心。我撼動了這個世界，但他從來不去想想自己對我造成了多大的影響。他創造出的一切都在他的掌控之中。我不是他創造物，所以他才這麼沒把握。

然後他的肩膀垂了下來。他看起來很迷惘，面帶憂慮，他轉頭越過自己下垂的肩膀望向門口，似乎在期待著……期待著什麼呢？

他說，但我是真的愛你！它不會持續太久，但此時此刻我是愛你的。沒錯，真真切切。沒錯，就在此刻。

為什麼不會持續下去？為什麼要這麼悲觀？

這不是悲觀，他說。這是概率。

願聞其詳。

他說，在歷史上，曾有一千零七十億人出生又死亡。目前還活著的有七十六億人口。這代表已經或曾經出生的人類，百分之九十三都已經死了。

這很震撼，也有點悲傷，但又怎樣？我問。

哦，你再看看現今流行的奇妙思維。所有那些交友網站、俗濫的愛情小說、動不動就愛得要死要活，還有關於靈魂伴侶的奇妙想法。白馬王子。命中註定。此生唯一的伴侶。衷心希望世界上沒有什麼「此生唯一的伴侶」，因為不講那些奇妙想法，就數字上來看，你的那一位很有可能早就掛了。與你分隔著某段無法穿越的時空。

我和你之間沒有時空分隔，我說，瞪著那袋人體配件。

啊，但是你的心呢，芮？在袋子裡嗎？

你要我給你我的心嗎？

給我？不，我要把它拿走。

（我有點不自在。他的手就放在我胸口，就放在我的心上。）

你拿走之後要做什麼？

檢查它。它就是愛的所在，不是嗎？

大家是這麼說的……

大家這麼說沒錯，但他們從不會說，我用我的兩顆腎臟愛你、我全肝全意地愛你。他們從不會說，我的膽囊是你的，只屬於你。不會有人說，她傷了我的盲腸。

只要它一停下，我們就會死，我說。心臟是我們的核心。

想想，他說，要是非生物的生命形式，沒有心的生命體，試圖贏得我們的心，會是怎麼樣的一番光景？

它們會這麼做嗎？

我相信會的，維多說。所有的生命形式都有建立感情的能力。

基於什麼？

不為了繁衍，不因為經濟的必要。不是匱乏，更不會是父權作祟，也與性別無關。不出自恐懼。這可能會很棒！

*

所以，維多，非生物生命形式或許會——因為它的形式更為純粹——比我們更接近愛的本質嗎？

我不知道，維多說。別問我。愛不是我的專長領域。我只是說，愛並不是人類專屬的——其他高等動物也有類似的表現——而至關重大的是，我們被教導說神就是愛。真主阿拉就是愛。神與阿拉並不是人。作為最高層次的愛並不適用神人同形同性論。

你到底在說什麼？

我想說的只有這個：愛沒有極限。愛不是到此為止，前方止步。未來將帶來的，也將會是愛的未來。

他走到窗前，望著在牛津路上來來回回的公車，載著它們的人類貨物來來回回。這些人除了下午茶、明天、下一個假期，或在黑暗中等待他們的未知恐懼，不曾，也沒有在思考未來。下雨了。這就是現在多數人心裡想的。我們生活的廣度侷限了我們，也保護了我們。我們的生命何其渺小，小得足以在那扇門關上前，穿過門下的隙縫。

他說——想像一下你我。在另一個世界。另一個時空。想像我們：我雄心勃勃，你美麗大方。我們結了婚。你充滿抱負，我喜怒無常。我們住在一個小鎮。我疏於經營感情。你有了外遇。我是醫生。你是作家。我是哲學家，你是詩人。我是你父親。你逃跑了。我是你母親。我死於難產。你發明了我。我死不了。你死得早。我們讀到一本關於自己的書，從而懷疑起自己是否真的存在過。你伸出你的手。我將它搗在我的手中。你說，這就是個具體而微的小世界。你雙手圍成的小地球就是我的全世界。我就是你所知道的我。我們相知相守直到永遠。我們離不開彼此。我們只能各自過著自己的人生。

這是個愛情故事嗎？我問他。

雨水從窗戶流下的此刻，我相信他。

雨水從窗戶流下來的此刻，我希望，一點一滴，我們終將匯集出一段共同人生。雨水從窗戶流下來的此刻，也抹去了昨日的水痕。我們可以重新開始。現在，永遠。

他緊抱著我。和我一樣，他的肉體有百分之六十是水。肉體是流動的。也就是說，健康的肉體是流動的。我遇過的肉體或肥厚、或栓塞、或硬化、或久置、或堵塞、或腫脹、或機能停止、或脂肪栓塞、或久未疏濬、或窒礙不通、或肥大臃腫，最終，這些肉體沉沒在自己逐漸冷卻的血液之中。

我們可以消失，他說，從某個地方重新開始，也許是一座小島，我們在那裡釣魚，在海灘上開家餐館，躺在同一張吊床上，仰望繁星。

我們不會這麼做，我說，因為你野心勃勃。

也許我能做些改變，他說。也許我做得已經夠多了。

你的肉體會腐爛死亡，我說。你不會喜歡的。

我們可以死在一起。我不太可能活到終於能夠解放自己的那一天。

這就是與時間競賽的意義嗎？

對。這是一場與時間的賽跑。我想活得更久，久到能夠抵達未來。

我打量著他。維多總給人感覺像是一條自行其是的生命。我覺得自己彷彿用一種外語在研究他。我究竟錯失了多少意義？

我對他說，這些人體部位……

對了……謝謝你。

你要如何處理？

我的奈米機器人會應付，它們是我的迷你小醫生。我可愛的電腦程式和好奇寶寶感測器會掃過每一吋皮膚，轉換為模組。

還有呢，維多？

他看向我，似乎想說些什麼，但最後什麼也沒說。我說，為什麼你需要我當你私人的人體供應者？就像十九世紀的伯克與海爾，拿著鐵鏟與麻布袋東挖西找？這件事為什麼這麼見不得人？為什麼這麼神秘？

你一定要問我嗎？他說。別忘了《藍鬍子》的故事。總有一扇不該被打開的門。

在我腦海裡，我看見一扇鋼門砰地一聲用力關上。

告訴我，維多。

*

他頓了一下，猶豫了。那雙狂野明亮的夜行動物雙眼堅定地盯著我。他說，我還有另一間實驗室，不在這裡，不在大學裡，在地底下。曼徹斯特有著錯綜複雜的地道系統。你可以說曼徹斯特下方還另外有一個曼徹斯特。

還有誰知道這件事？

我的工作嗎？就一些人，為數不多。誰需要知道？這些事情總是牽扯到許許多多的審閱、監督、同儕審查、業界合作，有好多要填的表格：曾獲補助、進度報告、監察人員、評估人員、顧問、委員會、財務審計、如何增進公共利益，更不用說還要應付媒體。有時候，規避掉這些迂迴程序比較方便做事，一切關上門進行。

為什麼？我問。你想要隱瞞什麼？

個人隱私與祕密有什麼區別？

少來這套，維多！不要再玩文字遊戲了。

你想知道什麼？

我想知道這是怎麼回事。

你想親眼看看嗎？

對，我想。

那好。只是記住，一切都無法回頭。你一旦知道，就是知道了。

他從掛勾上取下外套。他不是超人。我不是露薏絲·蓮恩。他不是蝙蝠俠。我不是羅賓。他是哲基爾博士？還是海德？只有德古拉伯爵才能永生。

*

我們之所以厭惡吸血鬼，維多說，不是因為他們可以永生，是因為餵養他們的，是一群生命有限的人。

你怎麼知道我在想什麼？我問。

他沒有回答。他說。吸血鬼就像燃煤火力發電廠。而我的永生版本用的是清潔能源。

他看出窗外。我們得從後門走。那可怕的女人又來了。

哪個可怕女人？

那個記者。

我站在他身邊。是的。在雨中連忙穿過馬路躲雨的，正是波莉D。

她不放棄，是吧？你為什麼不乾脆讓她採訪？

維多面帶遲疑地看著我。芮，她找過你是嗎？

她找我幹嘛？

他聳聳肩。走吧。

在雨中，我們離開了他位於大學生技大樓的辦公室兼實驗室，搭計程車沿著牛津路到喬治街。

維多說，我等會兒要帶你去看的地道與掩體是一九五〇年代拿北約的錢打造的。那是筆大數目——大約四百萬英鎊。這個地底迷宮有安全的通訊網路，根據設計，即使在原子彈爆炸，整座城市被夷為平地時，仍然可以正常運作。下面有發電機、油箱、食物供給、甚至還有酒吧。

倫敦與伯明罕也有同樣的地底結構體，這是北約因應冷戰佈局的部分計畫。

這都在浪費錢，我說。歐洲需要重建。曼徹斯特到六〇年代還看得見轟炸過的廢墟。

沒錯，維多說。反法西斯的戰鬥已然獲勝，但真正讓英美動起來的卻是反共大戰。世上最偉大的資本主義民主國家對任何意識型態都不感興趣，一心只想取得更多市場。

你真是個不稱頭的共產主義者，我說。

我不是共黨份子，維多說，科學需要極端的——不顧一切的——好勝好鬥，但我對如何同理人類的心靈更有興趣。特別是馬克思曾經在曼徹斯特生活過一段時間，他跟恩格斯建立起了友誼，恩格斯在這裡擁有一家工廠，為馬克斯提供了撰寫《共產黨宣言》需要的素材。

你知道嗎？曼徹斯特在十九世紀時有一萬五千間沒有窗戶的地下住宅，沒有供水或下水道——這些男男女女、老老少少沒日沒夜地每天工作十二小時，轉動著當時全球最富有城市的巨輪——但他們卻只能過著貧病交迫、濕冷黑暗的人生，平均壽命只有三十歲。在他們眼裡看來，共產主義就是最佳解方。

是最佳解方沒錯，我說，但人類不懂得分享。我們連共享單車都辦不到。

我們經過一處運河，一輛橘色共享單車倒頭栽在碧綠河水中。

人類創造了這麼多新穎優秀的好點子。卻也有這麼多不成功的理想。

*

計程車將我們載到一堵漆黑磚牆旁，那裡有一扇滿佈鏽斑的堅固鐵門。維多從口袋掏出一把鑰匙，打開了大門。他舉起鑰匙，面帶微笑。芮，有時最好的科技就是最簡單的科技。

你怎麼會有這裡的鑰匙？

我有後台啊，他回答，語氣帶著一貫的輕描淡寫與神秘感。

門牆後面有一整排一模一樣的門。更多把鑰匙。維多打開第三道門，門口是一路往下的陡峭樓梯。自動感應燈亮起。

小心喔！這裡很陡，階梯很長。

我跟著他，傾聽我們迴盪的腳步聲與我們頭頂緩緩消逝的雨滴聲。

想想看，他說，假使那枚冷戰時期的炸彈爆炸了，我們從人類歷史上最偉大的突破整整倒退七十年——接著我們又得從棍棒與石頭重新開始。

我沒有真正在聽。我正認真數數。一百，一百一十，一百二十。這裡很乾燥，我說，乾得像張紙一樣。沒有半點濕氣，沒有黴菌，沒有滴水。

它可以抵禦任何氣候，而且有通風設備。維多說。

他能聽到我的呼吸——有點太急太淺了。他轉身安撫我。芮，只剩不到一百公尺了。不要緊張。我知道這裡看起來很空曠，有點嚇人。想想這個地方曾經擠滿了科學家與程式設計師。曼徹斯特在二次世界大戰後是全球電算中心樞紐，眾人竭盡心力，努力研發出最快的電算技術竊聽，並且超越蘇聯人的進展。卓瑞爾河畔天文台的巨大望遠鏡就是個監聽設備。

他停下來回頭看我。我很害怕。難道我害怕的是他？

我們在哪裡？

我的世界，維多說，雖然微不足道，但全都屬於我。

他打開門。閥門、電線、真空管。一排排的鋼管，綿延好幾公里的電纜。各種刻度儀表與針管。

認得這玩意兒嗎？曼徹斯特工業科學博物館有一台同樣的。這是我建立的模型。世上第一台儲存型電腦。曼徹斯特一型。記憶體為陰極射線管。直到一九四七年才發明出第一個電晶體。一九五八年，史上第一個積體電路搭載了六個電晶體。到二〇一三年時，我們在同樣的面積裡可以安裝一億八千三百八十八萬八千八百八十八個電晶體。摩爾定律：運算能力每兩年就會成長一倍。

對我而言，最引人入勝的是，全世界或許可以更早發明出電腦。早上一百年。你有沒有聽過查爾斯．巴貝奇的「分析機」？

我以為那只是個概念？我問。

所有事物一開始都「只是」個概念，維多說。它們都曾經出現在我們腦海中，對吧？但巴貝奇卻是最早開發出某種大型計算機的科學家，並把它取名為「差分機」。「差分機」很美——有各種齒輪動作的零件——跟圖靈的「巨像電腦」相去甚遠。英國政府在一八二〇年給予他一萬七千英鎊的補助，這筆金額在當時可以用來打造兩艘設備精良先進的戰艦。當然媒體從來沒有忘記要提醒大眾這一點……

可是巴貝奇把錢花在他的另一個孩子身上——「分析機」。這其實是一台原型電腦。它有記憶體、處理器、硬體、軟體和一系列複雜的反饋迴路。當然它非常龐大、佔空間，而且是由蒸汽驅動，所以——但維多利亞時代的人們還不會追求小巧就是美。

於是，我們繼續向前推進，芮，不知道何時才有突破，但我們知道它終究會出現。

什麼樣的突破？

人工智慧。

他又打開了一扇門。它沒鎖。房間很大。他說：這是中央控制室。當然，都被拆得乾淨溜溜了。

那些門，我說。這房間有一扇扇的門，像是拼圖，像是惡夢，或像是選擇。

啊，對啊，門總是通往某個地方的，不是嗎，芮？我帶你看看。就從這一間開始。他打開一扇平坦的鋼門，後面是另一間空蕩蕩的房間。這裡有扇窗，室內窗，就像水族館。

窗戶另一頭是什麼也沒有的混凝土牆。燈泡。監視器的光點在注滿乾冰的空間裡詭異閃爍。我從外牆的溫度計看出裡面的溫度才超過冰點一點點。然後我發現了裡頭傳來動靜。就在冰冷的白霧下。它們朝著我衝了過來。有多少？二十？三十？

維多按下開關，乾冰散去。現在我看清楚了。它們就在地板上竄動。是大蘭朵蛛嗎？

不……

我的天啊！維多！我的天啊！

那些都是手。枯瘦如柴的、豐腴飽滿的、大而有力的、毛茸茸的、長滿老人斑的、樸素無奇的。都是我給他的手。它們全都在動。有些靜止不動，只有一根指頭微微抽搐。其餘紛紛昂「手」而立，拇指與其他四指顯得有些猶疑不定，其中一隻手用它的小指與拇指走路，中間三隻指頭往上，好奇試探著外界，就像天線一樣。大部份的手毫無意識地迅速移動。

這些手感覺不到彼此的存在。它們爬過彼此，盲目地撞成一團，無法動彈。有些手堆作一疊，像是螃蟹疊疊樂。還有一隻聳起了手腕，搔抓著牆壁。

我看見一隻孩子的手，小小的，獨自縮在一旁。

維多說，它們都不是活的。它們絕對沒有知覺。這只不過是個與義肢及智慧配件相關的運動實驗。

它們怎麼會像這樣動來動去？

植入晶片，維多說。它們對電流起了反應，如此而已。一旦發生了意外，我們有可能將分離的肢體重新接回軀幹，並讓它作出或多或少像是原肢體的反應。同樣地，未來也有可能在受傷的手上置入人工數位晶片。你看到的一些手就是這樣。

太可怕了，我說。

你是個醫生，他說。你知道可怕其實很有用。

他說得對，我知道。但眼前的畫面為何讓我噁心？

我說，為什麼要在這裡？為什麼不在外面的實驗室進行？

他說，太多金主眼巴巴盯著這個研究，他說。專利。

我以為你相信合作的意義。

我相信，但其他人不是。我別無選擇。

他轉身走遠。

你就這樣離開？

它們又不需要餵食，芮！但這些卻需要……

他帶我到另一個窗前。

裡面有一整排實驗桌，跳上跳下的是許多毛茸茸的長腿大蜘蛛。不會是你想在浴缸遇到的那種。

維多說，我用電腦斷層掃描與高解析高速相機創造這些蜘蛛身體構造的3D模型。

為什麼？

這些跳蛛可以跳到自己身體長度的六倍，維多說。在起跳瞬間，牠們腿部產生的力道可以達到自身重量的五倍。我可以利用這些結果創造新一級的敏捷微型機器人。一旦我們瞭解生物力學，就可以在研究中善加應用。我不是唯一使用蜘蛛的科學家，但我喜歡想像，只有我把將研究成果用在獨一無二的地方。

你從哪弄來的？

我繁殖牠們，維多說。但我沒辦法繁殖身體部位。如果你改信了什麼宗教，或找到一份坐辦公室的工作，天知道我該怎麼辦？

你會找到其他對象的，我說。

他帶我走回隔音良好的空蕩大廳，他說，我從來沒有跟人長時間交往過。你呢？

沒有……

我們都是怪胎。

別因為我是跨性別就叫我怪胎。

他撫摸我的臉。我抽開身體。他說，我不是這個意思。我是說，根據這世界的運行準則，我們全是怪胎。我們獨來獨往——這是個反演化的姿態。智人需要群體生活。人類是群體動物。家庭、社團、社會、工作場所、學校、軍隊、各種機構，包括教會。我們甚至會群體管理疾病，那個地方叫醫院。你就在那裡工作。

他站在我身後，就像在亞利桑納淋浴間的那一晚。我總是從他的觸摸中感受到撩撥的意味，而且我看不到他。

假使我們結婚多年，生了幾個適應良好的孩子，你和我會更有創造力，或更聰明理智快樂嗎？如果我們買了房子，學會與別人共同生活呢？我們只會變成不一樣的人，如此而已。我從來沒有長久穩定的關係，但這不表示我失去了愛的能力。

愛的特質之一，就是亙古持久，我對他說。

他大笑。那就這樣吧。我會永遠愛你，即使哪天我們不在一起了。

人們分手時，他們通常會互相憎恨，我說。或者一個討厭另一個。

傳統上是這樣，他說。但還有其他方式。芮，我的觀點很簡單。假使我們無法繼續保持彼此的愛，我的心底仍有一個角落永遠地被這份愛所改變了。我將終生為此感到榮耀。如果你願意，就把它想像成一個隱密的禮拜場所。有時候，在登機時、或剛從床上醒來，或走在街上，或淋浴（他暫停了一下，想起了那一晚），我會記得那個角落，永遠不後悔曾經一起度過的時光。

你為什麼要像這樣說話？我問。

他說，你很快就會離開我了。

我說，你這麼說，只為了可以重新掌控一切，不讓自己痛苦。（我不怪他。我也在做同樣的事。）

他說，當我必須受苦時，我不會逃避——但不是你想的那樣。如果你證明了我說的不對，那也很好。你已經打亂了等式的兩端。也許有一天，你會用截然不同的方式一口氣解決這個問題。

一定得這麼複雜嗎？

維多聳了聳肩。有一派觀點認為，愛是生發得如此自然，因此必然是單純簡單的。但如果愛牽涉著我們生命的方方面面，進而影響了我們的整個世界，它哪稱得上簡單呢？單純的日子早已過去——若這些日子曾經存在。在有害物質與污染物出現之前，在**男人**到來之前，愛早已不是一個純淨原始的星球了。愛是最大的波濤，擾動著憂慮不安的心靈啊。

你發現自己身處一處漫長寬闊的廊道，左右兩邊都是狹小的牢房，關了各式各樣的瘋子，門上開了小窗，因而你看得見這群可悲的生物。很多沒有攻擊傾向的瘋子一起走在這條長廊。二樓有另一條走廊，也有和一樓同樣的牢房，此處專為最危險的狂人保留，其中多數已經上了枷鎖鏈條，看了令人怵目驚心。假期時，有許多男男女女會來參觀這家醫院，他們大多屬於中下階層，以觀賞這群可憐的不幸之人為樂，甚至被逗得大笑不已。離開這處憂鬱的機構時，門房會期望你給他一分錢，但如果你恰巧沒有零錢，給了他一枚銀幣，他會默默收下，連一毛錢都不找。

貝德拉姆，一八一八年

沒人能理解人類的心思。不成，就算他讀過人們曾經書寫下的所有思想，也做不到。每一個字就像是孩子在黑暗中點燃的一道火焰。

當我們獨自一人時，那片黑暗無論如何揮之不去。

我承認，我們所在之地一片混亂。新醫院幾乎還沒準備就緒，已經就位的地方，卻又供不應求。樓上的窗戶沒有玻璃。較低的樓層沒有柴火可燒。病人們又冷又餓，或是憤恨，或是孤寂無助。

而且瘋得不能再瘋。

這裡是世上最聲名狼藉的瘋人院。

我們開始運作了。

是怎麼開始的？

一家叫伯利恆的醫院，早在十字軍東征時期已然存在。平常百姓稱之貝斯萊姆，後來，由於一切都被時間腐蝕了（就連時間自身也遭遇了相同下場），我們的貝斯萊姆變成了貝德拉姆——這個名字失去了它原有的含義，對一個顛狂的世界卻是剛好。偉大的貝德拉姆於焉成立。

貝德拉姆起初接受政府資金挹注，在一六七六年於倫敦城牆外的摩爾沼地完工落成。設計師是羅伯特．胡克，他是學識淵博的酒鬼，也是克利斯多夫．雷恩爵士的學生——雷恩爵士就是一六六六年倫敦大火後，重建聖保羅大教堂的建築師。

貝德拉姆被外國遊客譽為倫敦唯一真正的宮殿。對瘋人院而言，這是多麼值得驕傲的稱號啊！一百五十公尺寬，十二公尺深，塔樓、廊道、花園、庭園，應有盡有。

壯麗的石砌大門上方矗立著兩尊人像：一位代表憂思，另一位則是癡狂的化身。

如果你曾經在它倒下前見過它——那知名的慈善紀念館——你必然會嘖嘖稱奇，畢竟它宏偉如凡爾賽宮，也同樣為無冕之王量身打造。

這就是瘋子：無冕之王。

瘋子們睡在稻草上，四肢銬上鐵鍊，但他們的瘋人院卻是一座宮殿。我們為什麼要這麼做？

為了神的榮耀。

還有別的，我想，其他與神無關的東西。清楚的神智是穿越米諾陶牛頭怪迷宮的那條絲線。一旦剪斷或解開，所有躲在深不可測的陰鬱隧道中，以人類型態存在的猛獸，便會從暗處衝出來，等待用利爪撕開我們的臉。
我們害怕的，就是我們自己。
於是，一切的善款，基於同情這群瘋人的慷慨解囊，也就是對人們的祕密自我的獻禮，不是嗎？

在另一個貝德拉姆，大眾參觀被拘禁的可憐瘋子已經成了時尚潮流。說到底，這是刻意安排的行程，專為有品味的上流人士設計。行程包括倫敦橋、白廳、倫敦塔與動物園。哺乳動物一旦受到拘禁，走起路來大同小異——來來回回，往往復復，而且總是有腳鐐和鐵欄杆相伴。被囚禁的老虎以及被囚禁的人類最渴望的，也不過是一小方藍天。

從塗上石膏塗層的那一刻起，我們在摩爾沼地蓋的早期建築就已經開始坍塌崩毀。有人說，是這群瘋人身上滲出的有毒瘴氣讓牆壁潮濕腐爛，髒水也隨之從地板滲出。真是太會幻想了！一點都不科學！這棟建築物的所在地被大家叫作鎮上的臭水溝可不是浪得虛名。簡單說，沼澤地本來就會移動，而只求外觀華麗、地基不穩的建築結構當然也會隨之漂移。

比起限制他們行動的外牆，關在裡面的瘋子有著還要更加穩固的心智。

然而，我也確實相信，瘋子散發著某種靈魂力量，若非以外界日常應用的標準判斷，他們無理取鬧的行為，其實再合理不過。如果我打開一扇門走進房間，眼前這位不幸病人的力量就會當場擊潰我——即便心情沮喪低落，他們的力量依然存在。我需要再說一遍嗎？力量。當我走在人類世界的憤怒與冷漠之間時，我總是納悶，是否唯有靈魂承受著最沉重壓力的當下，我們才能保有著最清楚的神智？

我毫不懷疑，只要喝得下，我們能喝多少就喝多少，或者說到窮人，只要買得起酒，大多照喝不誤。他們悽慘的境地或許咎由自取，因為事業壓力，或因為急於爭權奪利，但我們生而為人，就如同束縛在瓶中的光線般，不斷在肉體中苦苦掙扎；同時我們的肉體也如同野獸掙脫枷鎖般，在世上奮力掙扎；而這個世界岌岌可危地掛在繩結上，在冷漠的滿天繁星間搖搖欲墜。

貝德拉姆。

凹凸不平的牆壁，崎嶇難行的地板，瘋狂的殘墟，人生的諷刺劇。老舊廢棄的瘋人院兀自頹圮凋落，我們的野心抱負也早已馴服，在南沃克蘭貝斯路聖喬治園的新建築裡，變得更加謙遜平淡。

一八〇八年的《郡立庇護所法案》改變了我們的入住準則與醫療方式，但對這種疾病卻仍然無計可施。

我們的宗旨是關懷安心。我們不求治癒。瘋狂是無法治癒的；它是靈魂的疾病。

*

很抱歉，我們的蒸氣暖爐壞了。也很抱歉這裡實在臭氣沖天。倫敦本來就很臭，但我們這兒的惡臭卻自成一格——是瘋人院常見的那種揮之不去，避之不及的頑固氣味。

沒關係，沒關係。時間過得很快。一分一秒就這麼過了。我得迎接我的客人了。書房燈火通明、溫暖舒適。讓瘋子抓狂困擾的月亮今晚動人燦爛，正好是滿月。就像是盯著我們悲傷身軀的銀色大眼。

沃爾頓船長？

是的！您是韋克菲爾德先生？

我就是韋克菲爾德。歡迎您，先生。就是這個人嗎？

就是這個人。

把他帶進來。

我的兩名手下用軍用擔架將那個人抬進門來。應我的要求，將他放在壁爐旁。

那人在睡覺。他的臉很放鬆，四肢伸展。睡眠。啊，睡眠。（我自己要是沒有吃鴉片酊就睡不著。）人世間的煩擾擔憂。如果我們能一覺睡到更好的時代再醒過來……

沃爾頓船長舉國聞名——地位好比英雄，因為他成功探勘了西北航道，也前往南極探險。

他有種自信正直的氣質，但此時的他卻猶豫不決。

*

我要說的是個奇特的故事。

船長！故事本就是如此。我們自以為對人生瞭若指掌，直到我們開始向別人述說它的故事。接著，我們發現聽眾一臉驚異——有時是驚異，通常是恐懼。生命顯得平凡無奇，只因我們俯仰其間。一旦開始講述，我們才發現自己是陌生世界的異鄉客。

他點頭。他鼓起勇氣。他說起故事。

我和我的船員被來自四面八方的冰雪包圍，在船隻飄浮的海面上，僅僅留下一點可供迴旋的空間。我們的情況危急，尤其四處濃霧籠罩，船隻只能依靠羅盤航行。

大約兩點時，薄霧先行散去，放眼望去，只有遼闊不規則的冰封世界。我的一些戰友不斷呻吟，忽然間，一個奇特的景象吸引了大家的注意，我警覺了起來，隱隱有些焦慮。在大約八百公尺遠之處，我們發現一輛固定在雪橇上的低矮馬車，由狗兒拉著朝北方前進；一個狀似男人，但身形無比巨大的生物坐在雪橇上指引著狗兒前進。我們望著旅人急速前行，直到他消逝在不可測的冰地遠處。

大約又過了兩小時，冰層裂了，我們的船也自由了。但我們按兵不動，我計畫等到早上再出發，讓大家好好休息一下。

早上我登上甲板時，發現所有的水手都在船的一邊忙碌，與海上的某個人交談。其實那是一輛雪橇，很像我們昨天看到的，它在夜裡隨著冰塊漂向我們的船。只剩一隻狗還活著，但雪橇上有一個人，水手們正在勸他上船。昨天那位旅人看來就像是住在某座無名小島的野蠻民族，今天這一位是歐洲人。

我從沒見過狀況這麼糟糕的人。我們將他裹在毛毯裡，讓他躺在廚房鍋爐附近。過了兩天他才有辦法開口說話。他的眼神帶著我們一般來說的狂野，甚至是瘋狂，說起話來咬牙切齒，彷彿無法承受他遭遇的災難重擔。

我的大副問他為什麼要搭著這種奇特的交通工具在冰上走這麼遠？他的面容立刻掩上

一抹最深沉的陰鬱，他說——為了尋找一個逃離我的人。

就在此時，這位剛才還一直在睡覺的人突然從沙發一躍而起，大聲哭喊，他人呢？他竟然沒有死在那場大火中。我一定要找到他——你們不懂嗎？我一定得找到他！

船長和我一開始赤手限制他的行動——他情緒激動，但不至於暴力——不過，我依然堅持拿副手銬將他銬在柱子上。無法自在移動後，他似乎平靜了下來，雖然我相信他是因為沮喪，而非冷靜。我提議給他喝些安眠劑。

沃爾頓船長點頭表示同意，那人一口吞下酒與酒裡的粉末時，我重複了他的話：尋找一個逃離我的人。

無論是睡覺或清醒時，他嘴裡都不斷這麼說，沃爾頓船長說。就像古代水手與他的信天翁。

很棒的詩，我說，但是，但是……

但是什麼？船長的眼神充滿疑問，我回答：人不都是這樣嗎？尋找逃離的人？抑或逃離尋找我們的人？今天我或許是尋覓者，明日我就成了被尋覓的人了。

船長也認同我的說法。是的，是這樣沒錯，但我們面對的是很極端的情況。對這個人來說，生命漫長無止盡，遍體鱗傷，但他腦海只有一個想法、一個心願、一個執念。白天和黑夜對他來說都是一樣的。他困在自己的思緒裡，不願放手。

沃爾頓船長，你對這個人有多少瞭解？

沃爾頓船長回答：他的名字是維多・弗蘭肯斯坦。

他是醫生，來自日內瓦，家庭出身不錯。背景沒什麼值得一提的，但剩下來的事就有點費解。他相信自己創造了一個生命。

生命？

人的生命。用死去的器官物件縫補而成的生物。四肢手腳、器官內臟、組織細胞。這生物經過電擊後動了起來，心臟開始跳動，血液流通，更睜開了雙眼。這是個人形怪物，身形高大可怕，一心想報復自己的創造者，是個毫無顧忌，不懂喊停的生物。

我搖搖頭。船長，請相信我，如果你像我長年在一群瘋子間工作，你一天到晚都在聽這種怪誕的故事。許多瘋子都相信自己是神。

沃爾頓船長看上去很不安。韋克菲爾德先生，我不懷疑你看見的事實，所以也請不要質疑我所看見的。我已經與之搏鬥得夠久了。

我們確實在冰上看見了某個東西——這一點毋庸置疑。我願押上生命當賭注。我的手下也全都看見了。他們看見了一個體型龐大怪異，動作異常敏捷的生物。

至於那是**什麼**，我不知道。

這個可憐人也真的是瘋了——這一點也毋庸置疑。於是，對我而言，問題非常簡單：他的故事源自他的瘋狂，還是造就了他的瘋狂？

外頭的溫度是多少？

認知區，維多說著打開另一扇門。

室內擺滿了鋼製貯貨架。一整排鋼桌層層架滿了電腦設備。角落的帽架彷彿像是個搞錯年代的電影道具，基座上放著一把整齊摺疊的雨傘。整個房間看起來就像是《超時空奇俠》早期劇中的過氣場景。架上整齊陳列著超低溫保存的動物頭部。與阿爾科的圓艙不同，這些容器前方開了個玻璃小窗，有兔子、豬、羊、狗、貓……

一位農夫朋友給了我這些東西，維多說。

你也上了她嗎？

他不理我，每次我說了他不樂意聽的話，他就會這樣。

在我看來，維多說，肉體可被理解為大腦的維生系統。你看……他又開了一扇門。

兩具裝著探針手臂的機器人正俯身處理人腦切片。

這是該隱與亞伯，維多說。我複製了它們在曼大生技系合成蛋白質的爸媽，亞當和夏娃。

它們不會累。它們不需要食物，也不需要休息、假期或娛樂。它們一點一滴地畫出大腦圖譜。

誰的大腦？我問。

別緊張，芮，我不是殺人犯。

他坐上桌子，該隱與亞伯沒理他。這是項漫長的工作，維多說。繪製老鼠的大腦圖譜就要花上超級久的時間。就算是世上最愚蠢的笨蛋大腦，這工作也會讓這傢伙看起來像是愛因斯坦。

但假使我們能讓現有的人腦恢復原狀……

沒錯，關鍵可能是在極短的時間內以超高溫快速喚醒大腦。這點可以透過無線電頻率實現。

微波大腦嗎？我問。

不行，維多說。你只會得到一個烤過的大腦，有些人可能覺得這是道美味佳餚。微波頻率無法均勻加熱——想想你有多少次把牧羊人派塞回去再加熱三分鐘？用高頻電磁波比較有機會。我們試著想做的是在重新加熱組織的同時，避免冰晶形成。你在阿爾科也親眼看到了，超低溫保存的目的就是為了避免冰晶，它會對組織造成無法彌補的巨大損害。在我們重新加熱有機體時，也會面對相同的結晶問題。

一旦我們解決了這個問題，將會徹底改變組織移植的現況。現今你們要將組織從捐贈者移到到受贈者身上最多只有多少時間？三十小時？

頂多三十六小時，我說。

所以，假使我們能搞懂怎麼保存與重新加熱捐贈的器官，就表示我們可以把器官儲藏起來，需要時再拿出來使用。再也不必搞什麼腎臟等候名單了。

這一切都很好，我說，值得嘉許。但老實說，你對腎臟移植完全沒興趣，對吧？你感興趣的是讓亡者復活。

你把整件事說得跟漢默恐怖片一樣，維多說。

不然呢？我問。

何謂死亡？維多說。問問你自己答案。死亡是由疾病、受傷、心理創傷或老化引起的器官衰竭。生物性死亡代表著生物生命的終結。醫學院不是這樣教你的嗎？

（他並不想聽我的答案。）

一百年前，曼徹斯特工人的壽命平均不到五十歲。這讓你們這些醫生痛心不已。於是你們這些醫生為了延長壽命拼命努力。現在，我們壽命的期望值到了八十歲，而且許多人到了這把年紀，身體仍然硬朗。所以，何必就此打住呢？

你說的完全不是同一回事，我說。不是延長壽命，而是終結死亡。

終結死亡當然就意味著人的壽命更加延長，他對我微笑，帶著令人惱怒的優越感。

（為什麼他這些話會讓我不舒服？為什麼我覺得毛骨悚然？應該害怕的是死亡吧。）

他似乎讀出了我的心思。

真的很奇怪，他說，我們對生命源頭的侵入性干預反而輕鬆以待。自一九八三年以來，我們一直用甘油與丙二醇超低溫保存人類胚胎。處於雙細胞到四細胞的發育階段的胚胎有著最高的存活率。沒人確切知道現在全世界以超低溫保存了多少人類胚胎，但少說也有一百萬個。而有數萬名活生生的孩子一開始只是液態氮低溫下的胚胎。我們接受自己能夠賦予生命存在的實體。所以，何必反對我們試圖阻止死亡的決心？

超低溫保存技術還不成熟，我說。那些躺在睡袋與氮氣裡面的屍體——它們不會復活的！假使真的死而復生，那就太可怕了！

這點我同意，他說。

如果你是對的，維多，掃描上傳大腦內容的技術比讓亡者復生更有可能延長生命。

就是這樣！芮！你終於聽進我說的話了！是的，我認同超低溫保存只不過是個過渡技術，至少就延長壽命來說——不過，正如我所說，如果我們的方向正確，就有可能趕在我們有能力從幹細胞培育新器官之前實現，所以這是個值得追求的目標。總而言之，如果我們能復活一個「死去的」大腦——對那個重回人世的人，以及我們這些研究人員，都是件美妙的事。

我個人覺得很恐怖，我說。而且那個大腦也沒有一個機能正常的肉體。

大腦或許根本不會意識到這個事實，維多說。我們可以為大腦模擬情境。很多人不都有肉體與心智分離的經驗嗎？大部分人都認不出鏡中的自己。太胖、太老、變得太多。心智常常會與自己的宿主失去連結。就你而言，你努力讓自己的心理印象與肉體現實保持一致。如果人人都能做到這一點，豈不是好事一樁？

你在這房間裡研究什麼？我問，我同樣可以規避困難的問題。

下一位出場的是貝茜，維多指著一隻牧羊犬說。可憐的貝茜從被從頭切斷，大腦外露，上面有一些線路連接到螢幕。維多說：我們正在尋找突觸反應。

找到了嗎？我問。

找到了，他回答。我有了一些進展。但我想要做得更多。我需要你的幫忙。

如果你想要的是人頭，我沒法給你。去找你的農夫朋友。

他走過來摟著我。芮，我很希望你**會**信任我。

我說，我也希望我**能**信任你。

他放下雙臂，退後一步。我要給你一個任務，他說。

（也許他就是秘密情報局長M，但這樣一來，我就成了龐德了。）

他說：我要你回去阿爾科，替我帶一顆頭回來。

（又或者他是莎樂美，而我是施洗者約翰？）

我看你是腦子壞了，維多。

我清醒得很。但我想要的那顆頭現在的腦子是壞了沒錯。我想幫它恢復有意識的狀態。

是誰的頭？呃，那顆頭本來屬於誰？

那顆頭嗎？哦……這說來話長……

（他是說故事的人嗎？我是他說的故事嗎？）

貝德拉姆2

沃爾頓船長離開了，留我一人獨坐。

他帶來給我的那個人仍躺在壁爐旁呼呼大睡。你也許會說，那我就不是一個人，儘管這是事實，但真相並非如此。靜靜吐息的這個人彷彿來自另一個時空。這無關乎他的衣著，沒多久我也發現，這也無關乎他的談吐，而是源於他散發出的十足冷漠。沃爾頓船長曾向我透露，這個人的心中只有一個想法、一個心願、一個執念，在在使得他自絕於現實世界。水手在舷外發現他，那一塊木筏般的浮冰，就是他靈魂的邊界。他切斷了與自己心靈大陸的連結。

火光映上他的英俊五官，他有著一具不安的軀體，就像是那種喜歡看書、勞作、長時間散步思考，而且營養不足的人。

由於坐在火爐邊閱讀十四行詩集也不得安頓（今晚我心裡充滿了太多思緒，無法分心詩藝），我決定拿起沃爾頓船長留給我的文件來看。於是我點了第二支蠟燭，走到書桌，好好檢查袋子裡的物品。

這個人的名字叫作維多．弗蘭肯斯坦，出生在日內瓦。在破舊的皮袋中，我找到一封飽受海水摧殘褪色的推薦信，看來他應該是某方面的知名醫生。此外，袋裡還有一本日誌，內容密密麻麻，紙頁起縐發黃，筆跡倉促狂亂。第一頁用比其他內容更粗的字體寫道：為研究生命之源，我們首先必須求教於死亡。

我繼續讀下去：

我從藏骸所收集來了骨骸，用世俗褻瀆的手指翻攪著人體結構的浩瀚秘密。房子頂樓有間單獨的公寓，或者不妨說是密室，一道長廊與階梯將它與其他所有公寓隔絕開來，我就在這裡開始了我污穢造物的工作，我的眼球從眼眶裡牢牢盯著，不放過我進行的各項細節。解剖室與屠宰區堆滿著我的各種素材。

日誌裡有一幅折起來的鉛筆素描。這幅畫的範本是達文西的〈維特魯威人〉；人，是衡量一切事物的尺度，展現出優雅、均衡、理性之美。然而我眼前這幅作品與達文西的原畫毫無共同點。它經過測量，毋庸置疑，但它大大超越了任何人體的比例；手臂長度、臉的寬度。這幅畫經過多次塗改，與其說是筆記，還不如說是塗鴉，紙上經過無數擦拭，甚至連這麼厚的紙還有兩處被鉛筆尖穿透的痕跡，至於那是出自興奮或絕望，我就無從得知了。

我回到日誌：

近來特別吸引我注意的是人體的骨架結構。我經常自問，究竟什麼才是生命的根本？

我的訪客翻身動了一下，但沒有醒過來。他不是提出上述疑問的第一人，當然也不會是最後一位。「唯有神乃生命根本」幾乎沒有回答到這個問題——不如說它澆熄了這個問題。許多人試圖使亡者復活。許多人質疑，許多人淚訴，是否死亡就是生命的最終仲裁。那原先如此活力充沛的肉體、如此機敏理智的頭腦，就此不復存在。這就是人生嗎？憑什麼一棵橡樹可以活上一千多年，而我們就只能在近七十年的光陰歲月裡努力成就願望呢？煉金師有賢者之石、霍蒙庫魯斯以及與天使的對話，他們在疲憊辛勞的人生發現了什麼？什麼也沒有。

在生命中途，我們已步入死亡。

可憐的傢伙。他的背包裡有個小項墜盒。裡面是一位年輕美女的鋼筆素描。顯然她已經不在人世。這就是他腦中產生妄想的緣故嗎？

我繼續看下去：

我看著蛆蟲如何一步步地繼承了眼睛與大腦的奧妙靈光。我暫停片刻，重新審視起所有前因後果間的細枝末節，作為從生到死，從死到生的變化例證。

可憐的傢伙。從生到死沒錯，但沒有從死到生這回事。

我曾經有個妻子，但如今沒有了。我是貴格會教徒，只能孤獨沉默，沉浸在悲痛的洪流之中。她不會回來了，要是她真回來了，穿著下葬時的衣服，渾身滴水，那會是多麼可怕的畫面，她的靈魂又會在哪裡？靈魂不會回到一片廢墟中的破房的。

《聖經》寫道，耶穌讓拉撒路從死裡復活。我確實相信。但從那之後人們再也沒有見過同樣的神蹟。

可憐的傢伙！他竟然想像冰冷的四肢有辦法再度溫暖。

他寫的這是什麼東西？

一個新物種將奉我為牠的創造者與源泉；許多快樂優秀的生物將會感謝我賜予牠們的存在。沒有一位父親能如我這般實至名歸地接受他孩子全心的感激之情。循著這些思考，我想，若是我可以賦予無生命的物質生氣，假以時日，我或許可以反轉死亡必然帶來的腐朽毀敗，讓生命再度重生。

＊

讀到這裡，我放下了日誌。他的腦袋肯定已經被悲傷蒙蔽了吧？他想像自己尋覓的是生機，但與此同時，他追尋的是自己的死亡。唯有在死亡之中，我們才能與失去的人們團聚。就我而言，我不會刻意追尋死亡，但也不害怕那終將為我帶來平靜的死亡。

在貝德拉姆，瘋子們得鎮日拖著腳鐐加身的步伐，踱完他們的餘生，在這裡，被哀愁悲痛驅逐了理智的人不在少數。特別是那些死了孩子的女人。我就認識一位每天捧著破爛的布娃娃，對它哼歌的女士。另一位只要遊客靠得太近就會抓住他們的手，乞求道，**我家露西有跟你一起來嗎？**

我起身到隔壁房間櫥櫃裡拿更多的酒。月亮離我很近，今晚的她明亮燦爛，照得外面庭院看來就像一片銀白色大海。我們這趟航程是孤獨寂寞的——假使我們有幸找到一位旅伴，也僅僅是注定多承受一分最沉痛的失落。

真相是，到頭來，我們都是孤獨一人。

我回到書房。這位維多．弗蘭肯斯坦正坐起身來，他的表情嚴肅莊重。他離開了壁爐，站在陰影之下。他的身體是如此地瘦弱蒼白，幾乎不成形狀。但他有顆美麗的頭，頭型優美，髮色烏黑，讓人感覺彷彿能說起話來——沒了身體的頭。

我把酒遞給他。你有什麼故事可說，先生？我問。

這很為難，他回答。**我不知道我是說故事的人，或自己就是故事。**

生命顯得平凡無奇，只因我們俯仰其間。
一旦開始講述，我們才發現自己是陌生世界的異鄉客。

現實不是當下

有時當我看著維多時，他的臉會變得模糊起來。我意識到模糊的一定是我的視線，畢竟人的臉可不會糊的……但看起來就像是他在一點一滴地消失。也許我將他的精神狀態疊加到他的肉體上了。

頭的故事？是我開始的，不是嗎？在沙漠的酒吧，你記得嗎？

是的，我記得，他天青色的眼睛與襯衫十分相配。我的感官被瞬間抓住了。被什麼抓住？他抓起我的手指親吻它們。我愛你的大手，他說。如果我能選擇另一個肉體，或許我會選擇將自己縮小，站在你的手心，就像那些在被關在堅果殼裡的魔法小人。

我可以當金剛。我說。那麼你就成了菲兒．瑞。

注定沒有好下場的禁忌之愛。他說。這程式可得重新寫過。

愛不是只有〇跟一而已，我說。

哦，但事實就是如此，維多說。我們是一。而這世界是無，是零。我形單影隻。你漂泊無形。唯一的愛。無限個零。

我還是繼續當我的大猩猩就好，我說。

把我舉起來，我會在你耳邊低語。快！在全世界的人衝進來殺死我們之前！

我緊緊擁住他，不管他要說什麼關於肉體的話題，他的肉體是眼前我知道的唯一。

我告訴過你，芮，我在美國維吉尼亞大學拿到博士學位。劍橋畢業後，我之所以到美國，唯一的原因，就是因為我想跟一位優秀傑出的數學家傑克・古德一起工作，你聽說過他嗎？

沒有。

維多說，傑克・古德在二次大戰期間是布萊切利莊園團隊成員，也是圖靈的同事。古德擅長破解密碼，他是統計學者，也是機率專家。他堅信貝氏定理，曾經說了一段故事：

我在本世紀第七個十年的第七個月的第七個日子的第七個小時抵達維吉尼亞的布萊克堡，也被安頓在第七區的七號公寓……這一切都是偶然。

當然，傑克是位無神論者，但在他經歷過這幾個七之後，他得出結論，認為自己必須修改他的計算：神存在的機率介於零到零點一之間。你還記得貝氏主義者必須隨時根據新的數據來更新結果吧？他們住在與過去相反的世界。

我說，你是說未來嗎？

不，芮，過去的相反是現在。任何人都可以生活在一個逝去的過去或不存在的未來。過去與未來的相對，就是現在。

傑克是最最聰明、最有意思的人類。他是波蘭裔猶太人，一九一六年出生於英國。他很早就拿著獎學金去了劍橋，同時也明智地將自己的名字從伊薩多・雅各・古達克改成了普通尋常的傑克・古德。猶太人當時在英國並不受歡迎。英國人是前科累累的種族歧視者——只要一群人被接受，就得有另一群人成為代罪羔羊。

你是猶太人，我說。

是的……維多說。

但你從沒提……

種族、信仰、性別、性，這些都讓我不耐煩，維多說。我們需要向前邁進，而且動作要快。我想讓這一切都走到終點，你不懂嗎？

那得等到人類終結的那一天，我說。

等到人類愚行結束的那一天，維多說。不過，我手邊確實有一張傑克寫的便條，時間是一九九八年，當時他推測會有一台超智慧機器導致智人滅絕。

你相信這會發生嗎？我問。

維多聳肩。何謂滅絕？如果我們能將某些人類的心智上傳到非實體平台，接著會怎樣？也許就生物性來說，人類會滅絕吧。我不喜歡「滅絕」這個詞——太危言聳聽了。因為人類被一口氣幹掉的確很聳動啊，我說。

別跟著瞎起鬨，維多說。就把它當作加速進化吧。

他將我拉向他，吻了我。我就像小男孩或小女孩，無法理解太困難的抽象思維，需要好好地摸一摸貓咪。

我可以繼續說故事了嗎？

好的，請繼續。

在布萊切利莊園之後，古德在政府通訊總部GCHQ從事情報工作，GCHQ是布萊切利公園的延伸機構。他也是ＩＢＭ與阿特拉斯計算機實驗室的顧問，同時身兼牛津大學三一學院院士。在六〇年代末——一九六七年，你也從他的小故事聽出來了——他永久移居美國，從事機器智慧的研究。

他為什麼離開英國？

維多說，哦，有很多原因，但其中之一，也是比較重要的，就是在艾倫·圖靈的遭遇之後，古德再也不相信英國政府了。

他知道圖靈是同性戀嗎？

不，他不知道，幾乎沒有人知道。圖靈害羞內向，而且同性戀在當時還是犯罪。傑克被圖靈的遭遇嚇壞了，而且對英國深惡痛絕。他寫道，我不是說這場戰爭是靠艾倫·圖靈一個人打贏的，但是沒有他，我們肯定會輸得一塌糊塗。

如果不是為了打敗不容異己的法西斯主義，這場戰爭所為何來？六百萬名跟古德一樣的猶太人被法西斯份子殘忍殺害。同性戀者也被殺了——為了什麼？

傑克討厭虛偽。它是英國人發明的。他認為美國，至少在麥卡錫主義之後，應當會更為清新、更為自由開放，在六〇年代末期，他是對的。

他也渴望新的挑戰，他看出電算領域的下一次大躍進會出現在美國，不是英國，這一點，也被他料中了。

早在一九六五年，古德就寫過一篇關於智慧爆發的文章——也就是人工智慧的爆發，他更想出了「人類最後一項發明」的說法，這個詞，現在看來，確實有先見之明。

超智慧機器可定義為一台遠超越史上任何人類所有智力活動的機器。由於設計這類機器隸屬這些智力活動之一，因此超智慧機器可以進一步設計出更加優秀的機器；可以想見的是，這將導致「智慧的爆發」，而人類智慧將被遠遠拋在後頭。因此，第一台超智慧機器將是人類需要進行的最後一項發明，前提是這台機器夠聽話，願意告訴我們如何將它保持在掌控之中。

也就是最後這一句話吸引了史丹利．庫布利克。他邀請傑克．古德參與他的電影《二〇〇一太空漫遊》擔任顧問。那是一九六八年。

主角就是那台精神錯亂的超級電腦HAL9000。

古德一定不在了吧。我說。

他在二〇〇九年去世，享年九十二歲。

他有小孩嗎？

他一直沒結婚。

一連串可怕噪音響起。彷彿一列地鐵急速朝向房間駛來。室內震動得厲害。

搞什麼？

別擔心，維多說，這個地下兔子洞動用了大量的泵浦保持乾燥。假使水泵故障，所有的房間和地道都會瞬間被伊爾韋爾河的水淹沒，連帶昔日城底之城那個動盪世界裡沉沒的運煤運河網路也會遭殃。不過，我們很安全的。

我不覺得安全，但我在維多身邊向來沒安全感。我很興奮，很入迷，但沒安全感。

這個故事，我問；會通往什麼地方？

回到亞利桑納，維多說。回到阿爾科。

阿爾科？

這就是我為什麼會去那裡——我們也才會見到面。我告訴過你我要拜訪一位朋友……

你最好解釋清楚，我說。

我們頭頂傳來隱形力量的轟隆聲。

＊

維多說，我接下來要說的話未經記錄也沒有人知道，我希望我能信任你？

你都跟我上床了，我說。

你也和我上床了，他說，但你不信任我。

我沉默了。

他似乎對自己話中帶刺有點不好意思。

那我們就事論事，就先信任彼此吧，我說。

好的，維多說。所以，在他過世之前，傑克和我同意我們會保存他的頭。

他的頭？

他的頭，是的。希望未來有一天他可以恢復意識。

他的頭在阿爾科？

是的。傑克在機器智慧領域做出了許多貢獻。他嘲笑冷凍保存技術，儘管他始終沒被這個技術說服，但有什麼損失？於是我們達成了協定。他對即將到來的世界非常好奇。

那個世界還沒出現，我說。技術根本不存在。

這是事實，維多說。但我們必須嘗試。

嘗試什麼？

我打算掃描他的大腦。

維多站在閃爍的霓虹燈下。他的表情堅定，瞳孔散射出藍色燈光，光與影同時籠罩著他。

他說：醫學倫理不允許對人腦進行任何實驗；因為侵入性的掃描技術會導致死亡——

但如果這個人無論如何難逃一死呢？絕症病患可以為人類做出犧牲。我為何不能善用那個大腦？連死刑犯都擁有在嚥下最後一口氣前彌補過錯的機會。我可以掃描他的大腦。對世界而言，少了一個連續殺人魔會有什麼損失？

維多！停！

他說：損失是必然的，失敗在所難免。你難道不認為這些實驗在世界各地的其他角落也正在秘密進行嗎？那些人命不值錢的地方？假使有敵對的力量即將達成同樣的目標……老天——中國人已經開始修改胚胎基因，而且沒有任何監督機構或約束單位。你不認為他們也在做其他的事嗎？

太瘋狂了，我說。

什麼叫理智？他說。我們現在的生活嗎？貧窮、疾病、暖化、恐怖主義、專制政權、核武、收入不均、厭女偏見、對異己的仇恨。

他踱步，一直踱步，彷彿有什麼困在自己肉體裡，有什麼被關在自己的時間裡。

他設法冷靜，讓自己穩定下來。他說，阿爾科那邊若是沒有醫生背書，就不可能把頭交出來。我需要你去領出傑克的頭，拿到這裡來。拿到曼徹斯特，我的實驗室。

我做不到，維多。

你當然可以。這是合法的。流程文件已經準備好了。

他朝我走來。我轉過身去。我問：所以你才一直糾纏我？你意識到你可以利用我？從我們相遇以來都是為了這個原因嗎？先是幫你偷屍體，現在又要我幫你打通關？替你取得亡者的器官？

維多看著我。他沒有退縮。芮，我沒有利用你。請理解這一點。

我可不這麼覺得。

我該如何說服你？

我們可以走了嗎？我問，離開這裡？

他重新有了元氣。他又回到原本的他。他對我微笑。臉色不再漲紅。眼神也不再滿室閃耀。他拿了我們的外套，甚至幫著我穿上它。尋常的動作，平凡的人生。

離開吧，離開這些混凝土與鋼鐵。離開刺眼的霓虹燈與漆黑的陰影。遠離機器。遠離水泵的轟鳴聲與水的重量。廊道、油氈地板、不斷往上的階梯，我在心裡數數，感覺空氣的變化，我是準備離開地底的訪客。

然後，我們身處大雨後潮濕的下班尖峰時刻，他轉身鎖上鐵門，彷彿我們剛才置身的是觀光客最愛的景點：神秘的地下城市。

但沒人在乎，也沒人注意到我們。我們可能隱形了吧，或許真是如此。他一付像是剛才什麼也沒發生的模樣輕鬆步行，雙手插進風衣口袋，緊緊裹住自己，抵禦惡劣的天氣。我們默默走著，直到一處轉角，我將在這裡轉向，走去車站。但我猶豫了，他看了出來。我本該直接說再見，然後頭也不回地離開。

他說，我知道你今晚要搭火車，但拜託你留下來，好嗎？明早再離開？我明天也得早起。

我不想回答，但我放慢腳步，與他並肩齊行，我試圖思考，同時也在尋求他的慰藉，我想讓心情更輕鬆、更自由。我想離開去搭車。但我也知道自己不會這麼做。

電聯車在金屬鐵軌上前行，隆隆作響。

維多往後退後了一步；那一瞬間，我還以為他要朝我往前一步。我的心跳加速。

他很懊惱，這不像他。他直視前方，說道：我說得太多了。

我沒回答。我的腦子亂糟糟的，但我沒回答他。我知道那會有什麼下場。說得太多。說得太少。但有誰能說得剛剛好呢？

我想說出最貼心的話語，卻表達得不好。

我不是這個意思——我完全不是這個意思。

我不太確定自己能處理一個篤定如預言家的傢伙。維多就是這樣。他替我減輕了身上的重量。但他自己又承受了多少重量呢？

他摟著我。他說：對不起。我們能一起睡一覺嗎？你不跟我回家嗎？都忘了吧，把這一切全都忘掉。

我們已經一起在過馬路了，共同走過流逝的時間，走過我們自己的故事。

維多住在頂樓的一個舊倉庫裡。光禿的鋼柱、裸露的紅磚，狹長窗戶可以遠眺都市的屋頂天際線。他的公寓很整齊；像是鑑識現場般井然有序。色調介於灰棕之間，一條大型鮮紅色地毯彷彿染了血跡。在臥室裡，一架大金屬床俯瞰著一座寂靜的塔樓。他說，鐘還在，但從來不響。

他關上百葉窗。房間有薰衣草融合白蘭地的氣息。他坐在床上脫掉靴子。我坐在另一邊，背對著他，拿起他放在床邊的書──羅伯．奧本海默的傳記

我擋住你的光線了嗎？他問，同時把他的膝蓋轉向我，緊緊向我靠近。他用手臂圈住我，這樣很單純、很明確，其他什麼都不重要了。我轉身吻他，希望這一刻能永遠停住，時間存在哪裡都無所謂，只要不在這裡就好。

維多翻開書頁。奧本海默是個複雜多樣的人物……優秀的物理學家，信奉神秘主義，無法原諒自己研發了原子彈。人不總是有辦法原諒自己。有時你就是會選擇去做某件事，心裡知道自己非這麼做不可，也知道自己不可能得到寬恕。

＊

他像母親一樣脫掉我的鞋子，替我剝下襪子，然後是我的牛仔褲，最後他留下只穿著襯衫與內褲的我，走進廚房弄點吃的，也帶了些酒回房間。我喜歡他的床給我的那種穩固、乾淨感覺。

他的床。床單應該是送洗的，他偏好棉布漿直的薄脆觸感。他回來時，手裡拿著托盤、奇揚地紅酒、玻璃杯與普切塔，他在上面擺了新鮮羅勒、蕃茄與大蒜。當我們像這樣在一起時，他總是經營著我們自己的小小世界。有麻煩他來擔。他很善良。他給了我一張

餐巾讓我圍著，一小口一小口當我是雛鳥般餵我。

我牽住他的手親吻，扭動他小指上的金尾戒。我問：圖章上頭刻了什麼？

他拿給我看，是一條吞下自己尾巴的蛇。他說。我們最終都會變成一個完整的圓，無論我們自己知不知道。

接著，他把我拉到他床上。

他的床。兩平方公尺的安全空間。

在他的床上，我不需要再解釋什麼了。在這裡，他也不用高談闊論。在這裡，他的眼神平靜深沉。在這裡，只有他的肉體，與他的欲望。

他感覺很親密。這一切都很親密。我們的救生筏。但如果這是艘救生筏，那沉船是什麼？

就是我們。

我們各有不同的殘缺——他對愛悲觀被動，我對愛恐懼驚惶。我們遍體鱗傷的生命一同來到這裡避難。為什麼我們沒辦法自行修補？為什麼我們沒辦法拯救彼此？

他吻了我，將我的臉放在他的脖子上，手往下撫摸我的脊椎，他的腿跨過我的。我喜歡他皮膚的溫暖以及扎著我手指的黑髮。

我們一句話也沒說地靜靜做愛。他的頭髮垂在我臉上。他填滿了我，使我忘卻恐懼。陰影消退了。

夜深了，他在城市的喧鬧中沉沉入睡。公寓一片漆黑，但床上點了兩支蠟燭。我起身將它們吹熄。他翻身自行入睡。我看了看時鐘。再過幾個小時，我會在黑暗中找到我的衣服，然後離開去搭車。

但今晚彷彿永恆——並非它將永遠持續，而是它就是永恆。這裡就是我們的歸屬。我們遺落在宇宙間的太空艙。其餘的都是夢境。他在睡夢中說話。

這張床在黑夜裡載浮載沉。

我默默躺在他身旁，飄進了他的黑暗。時間終會找到我們，但還沒有。就讓我們好好安眠在這暫時的永恆吧。

妳知道，我生來不走平凡路——特立獨行的本性驅策我前行。

瑪麗・沃斯通克拉夫特

貝德拉姆3

她在傍晚時候來到，一頭古銅色長髮，陽光照耀時，看起來就像閃閃發亮的阿拉丁神燈。她有種精靈般的氣質，身形靈活透光，但態度卻自信穩重，她握了握我的手。

他在這裡？

他在我的書房裡。

他相信……

他相信妳創造了他。

但我還沒來得及多說，門就開了，維多．弗蘭肯斯坦走了進來。在我的照顧下，他享受著美食與休憩，恢復了健康。他很帥。她也很美。他們的目光相遇。他伸出手來。

妳是瑪麗．雪萊。

我就是她。

她很沉著，毫無畏懼。

他急切地轉向我說道，你給她看了我的文件嗎？我所有的文件？

她很熟悉你的背景。

是的。所以我才來這裡，她說。

我倒了酒。我不知道還能做什麼。我們坐了下來。

讓我消失，他說。

那位女士凝視他好一會兒。他看來一點也不瘋狂，但許多時候，瘋子的信念遠比理智的人們還要來得堅定。

你已經出現在小說裡了，她說。你和你創造的怪物。

我就是妳創造的怪物，維多說。我就是那個死不了的生物——我死不了，因為我從未活過。

我親愛的先生！（至此我不得不干預了。）如果我現在拿這把手槍朝你開槍（我從口袋拿出手槍），你的生命就告一段落了。是的，先生！到此為止。

我祈求你這麼做，韋特菲爾德先生，他說。即使我離開了這個肉體，我還是會再回來。你眼前看到的形體只不過是暫時的。我會永遠存在，除非我的創造者釋放我。

我傷心地搖搖頭。我對他仍抱著希望。但如今我擔心他永遠離不開這裡了，可憐的妄想者！

瑪麗．雪萊似乎不畏懼他這些胡言亂語。她說：告訴我，先生，你是怎麼從書頁裡出來，然後出現在現世裡？

維多．弗蘭肯斯坦說：出了點差錯。我應該死在冰上的。到頭來我卻發現自己進了這間瘋人院，我知道可憎的牠被釋放到這個世上了，而且心心念念地想要毀滅我。

但你說你想死啊！我說。

我想消失！我不屬於這具身體。這噁心的身體！

我丈夫會理解你的，先生，她說。

這副身體！他繼續，我幾乎認不得它。我是**心智**。**思想**。**靈魂**。**意識**。

親愛的先生，冷靜點！我說。你不知道我們每個人都認不出鏡中的自己嗎？因為時間奪走了我們的青春與活力。難道你以為我一直以來都是這副模樣嗎？（我給他看我的啤酒肚與痛風的關節）。我還得過擊劍冠軍呢，先生。一條又快又狠的獵犬！唉，唉，我們每個人誰不是沮喪地轉過身，不願面對自己到頭來的這一身呢？

我從來就不像你這樣！男子回答。我被困在這裡是因為我的瘋狂。外頭正等著一個傢伙，他會用惡魔般的無情狡猾，命令其他人進行我做過的實驗——完全不把人類放在心上。

瑪麗．雪萊說：如果你不是人類，那你又何必在乎呢？

為了妳對這本書懷抱的愛，他回答。妳教我的愛。我可以引用我們那本書嗎？我的心被塑造成敏感於愛和同情。

她說，這些話不是維多．弗蘭肯斯坦說的，是他所創造的生物說的。

我們是一樣的，一模一樣，弗蘭肯斯坦回答。

那位女士頓了一下，彷彿憶起了自己的一些想法。她回答：如果你們都是一樣的，那麼你也就是那狡猾無情的惡魔了。

別忘了悲傷。他說，還有悲傷。

漆黑深夜將我們團團包圍。燭台上的長燭業已燒短。我納悶我們三人究竟遇上了什麼怪事。時間反而更像是文字，而非分秒，我們感覺自己成了重複敘說的故事，或是一段已經說過的故事。他在說什麼？他是故事還是說書人？我不懂。

我把她拉到一邊，對她說，夫人，我與瘋子打交道很久了，我聽過許多迷失的靈魂真心相信自己是沙皇、亞歷山大大帝、聖母瑪利亞，或耶穌本人。人類心智的運作非常奇特。是一大發明。

發明？她問。

我的確是這麼想的，我說。所有人都知道，儘管我們周遭的世界亙久不變，儘管每一天都會消失得無影無蹤，我們大部分人還是在其間經歷生死。我們的所作所為假以時日都會反映回自己身上，但無論我們做了什麼，舊的一天依然會消失，由新的一天取代它的位置。瘋子無法和我們經歷相同的世界。但他們自己的世界同樣生動。瘋子是不同舞台上的演員。

瑪麗·雪萊喝了酒。我喜歡女人喝紅酒時一乾而盡，就像吸進一口空氣。這酒是卡霍斯來的，我說。

她說，我在義大利學會喝酒，我覺得它非常適合潮濕、憂鬱，還有寫作。

是的，沒錯，我說。妳的那本大作。非常轟動！

你讀過了嗎？

當然！

她說，社會的反應出人意料，也許因為我是女人。

不是妳丈夫代筆的吧？沃特·史考特爵士這麼猜想過。

雪萊是詩人。他是艾瑞兒，不是卡利班。《科學怪人》不是他寫的。

我可以請教一下嗎？妳丈夫知道妳來這裡嗎？

他家裡有事情要處理，她說。

我們這位男人跳了起來，走到窗前，大聲喊道：**那裡**！你們看到了嗎？他在那裡！

誰？我問。

那個生物！

我們三人全都盯著黑暗的庭院。

那裡沒有人，我說。

如果我在這裡，那麼他就在那裡，維多．弗蘭肯斯坦回答。你們看不到他不代表什麼。你們也看不見神，但能感覺到祂的存在。相信我，你們會感覺到他的，怪物一旦被創造了就不可能消失。即將發生的事已經開始了。

讓我害怕的，也會讓眾人害怕。

瑪麗·雪萊

現實是你的手在我的心上。

這鳥地方看起來真不像樣！朗恩．洛德說。

這裡不是埃及金字塔。不是柏樹園，或手工切割的大石打造的陰森陵墓。沒有彩繪玻璃、沒有鍛鐵大門。不是教堂，不見哭泣天使、跪地少女、倒臥不起的騎士、忠心耿耿的狗兒、真人大小的雕像、供人擺放花朵的花瓶。紀念碑石。**我們永誌懷念。**

這裡是鳳凰城附近斯科茨代爾機場跑道旁的一處辦公樓與購物園區，我們面前是一個混凝土的正方建築體。隔壁有間磁磚倉庫。

歡迎回到阿爾科，芮！

執行長馬克斯．摩爾正在等著我們。

嗨，馬克斯！很高興又見面啦。維多發過一封電子郵件跟你介紹這位朗恩．洛德，對嗎？這就是朗恩．洛德本人。

（熱烈的握手寒暄。）

朗恩！幸會幸會！你是維多．斯坦的朋友？

（維多有多少朋友會穿牛仔外套、牛仔褲、工作靴與牛仔帽？朗恩為他的小小假期盛裝打扮了一番。）

我是投資人，朗恩說。我投資教授。我投資未來。

你可以投資阿爾科，馬克斯說。

有可能，朗恩回答。我做的事招來了很多嚴苛的批評。你不會相信待在金字塔頂端要忍受多少敵意。

創新總會嚇到人。

朗恩點頭。對，沒錯。我想你也惹了不少麻煩，對吧，你這地方把人像微波食物一樣冷凍起來了。

外界有很多誤解，馬克斯說。

人們對我這一行也是，朗恩說。我們可以叫彼此革命小夥伴。

你想參觀參觀嗎？馬克斯問。

會很可怕嗎？朗恩問。我看起來神經很大條，但我超敏感的。

我們進入貯藏區。巨型輪座上高大拋光的鋁製圓艙閃耀著光芒。

這些叫作杜瓦瓶，馬克斯說，以發明家詹姆斯．杜瓦爵士命名。他在一八七二年提出初步的構想。

什麼？朗恩問，你是說這些人從一八七二年開始就已經冷凍在這裡了？

我打斷他。朗恩，你在這裡看到的是超大型的保冷瓶。詹姆斯・杜瓦是蘇格蘭人，他發明了保溫冷熱水瓶；兩道鍍鋼的瓶壁中間是真空層。有保溫保冷的效果。

朗恩在他的新牛仔帽下深深皺起眉頭。他問，就像我喝咖啡的保溫壺嗎？非常類似。

朗恩走過去敲了敲杜瓦瓶。他看著我，既感動又疑惑。裡面有人？

是的，我說，先把頭放進去，漂浮在攝氏零下一百九十度的低溫裡。

朗恩摘下帽子，以示尊重。

芮恩，你好好解釋。你是醫生。他們進去時人已經死了，對不對？

法律上認定的死亡，是的。

什麼法律認定的死亡？

表示你老婆可以把你的錢花光。

我還活著她就在這麼做了。

這樣好了，朗恩，你問問自己：死亡是什麼？

別以為我傻，芮恩。死就是死。掛了就是掛了。

朗恩，這件事有個癥結點——但假使有個可以令人放心的解決做法，就不會是問題。

從醫學上，還有法律上而言，心臟衰竭就視為死亡。心跳停了。你嚥下最後一口氣。然而，你的大腦還沒有死，還得再過五分鐘左右才會死亡。在極端的情況下，也曾經有大腦撐了可能十分鐘或十五分鐘。大腦會死是因為缺氧。它跟身體其他部位一樣，是活的組織。所以，我們的大腦有可能在它死之前就意識到我們已經死了。

朗恩說，你鬼扯。

我沒有鬼扯，朗恩。

朗恩說，你是在告訴我，我會知道我死了，然後我也會知道自己只能無能為力地等死嗎？

我說，很有可能。我很遺憾。

是啊，我也很遺憾。朗恩說。

我想讓他開心起來。（也許人們根本不該談論這些事。）以阿爾科的觀點來說，死亡不是單一事件；死亡是個過程。對嗎，馬克斯？

正確，馬克斯說，還有，朗恩，假使大腦可以在我們稱之為死亡的過程中加以保存，也許在未來的某個時候，它可以重新恢復意識。

聽到這裡，朗恩似乎高興多了。懂！我懂了！但是，如果這一切都與大腦有關，那麼何必對肉體大驚小怪？人們死的時候大多都很老了，不是嗎？渾身病痛。等到他們未來醒過來時，一樣是又老又病嗎？

理論上，我回答，智慧醫學能更新、逆轉衰老的人體。另一方面，若我們只保存大腦，我們或許有機會培養或製造一個全新的肉體。或者，如果你聽信維多的話，那你也不再需要肉體了。

我可不想要被五馬分屍，朗恩說。

過來這裡，馬克斯說。你在這裡看到的杜瓦瓶小得多。這是我們儲存頭部的地方。

只有頭？

只有頭……

怎麼做到的？直接將它們砍下來？

頭顱隔離術（或「神經分離術」）即利用手術由第六頸椎處切除頭部。

*

哇，朗恩說。我想這應該是由最頂尖的外科醫生負責吧？

獸醫就可以了。（我為什麼要告訴他這件事？我很壞吧？）

獸醫？（我彷彿看見無數驚嘆號從朗恩嘴裡冒出來）。

有何不可？玻璃化冷凍最有意思的進程就是在兔子身上進行的。
我可不會讓一個該死的獸醫鋸掉我的頭！朗恩說。我連帶辛巴打針時都不敢看！
你又不是一定要看。
然後我的肉體會怎麼處理？
家人可以替你火化。

朗恩瞪著保存人頭的杜瓦瓶。
馬克斯，他們的頭髮還在嗎？
我們尊重個人意願，馬克斯說。
說來好玩，朗恩說，我在威爾斯有一家自己的工廠，專門製造性愛機器人頭。從某方面而言，我們算是同行。阿爾科應該考慮來威爾斯設廠。由於英國脫歐的關係，威爾斯拿到了很多企業補助。一旦花光這數百萬歐元，威爾斯就沒什麼搞頭了。你會有減稅優惠、倉儲設備、免費冰箱、免費冰塊，甚至還有獸醫。應有盡有。你考慮過搞個連鎖企業嗎？
馬克斯告訴他，目前全球有四間低溫機構——美國和俄羅斯。
才四間？朗恩說。看來市場還有缺口。
真的，朗恩，我說，因為每年死亡人口高達五千五百萬。
朗恩認真思考這個數字。也對，他說，我們的性愛機器人訂購方案也有很多人失聯，常常後來發現他們已經死了。

我們也有訂購方案，馬克斯說。

對，但你賣的貨是原本預期會死的人，朗恩說。大家付錢就是為了這個，不是嗎？

朗恩晃到別的地方，手裡拿著牛仔帽，對他而言，這一切大概難以接受，所以他處理起來似乎是有點沒電了。

停電時怎麼辦？他問。威爾斯就有這個問題，晚餐吃到一半，通常是星期四。砰！停電了。

馬克斯解釋，杜瓦瓶的溫度非常低，暫時斷電沒有影響，即使幾星期都無所謂。

假使有核戰呢？朗恩問。

馬克斯提醒，到時人們要操心的是其他事情。

朗恩開始看到整件事的光明面，他的大腦處理速度跟上了，同時想起剛才的某個數字。

芮恩，你剛才說每年會死五千五百萬人？

對……

我們不會希望這些人全部回來吧？

作者註：這是朗恩說過最發人深省的話了。

＊

我是指，朗恩問，你們的界限在哪裡？殺人的混蛋、戀童癖、暴徒、神經病，還有巴西那傢伙——博索納羅。如果你拿到希特勒的頭呢？你會解凍它嗎？然後還有一些很無趣的人……這群人回來地球後要塞去哪裡？我們只有一顆地球耶。

馬克斯向朗恩保證，等到技術成熟運轉，距離人類殖民外太空也沒有多久了。

川普要冷凍他的大腦嗎？朗恩問。

馬克斯解釋，大腦在臨床死亡時必須仍然功能完善。

我可能會想冷凍我媽，朗恩說。她一直很想住在星星上。

馬克斯讓朗恩看存放寵物的杜瓦瓶。

它們身上的皮毛還在嗎？朗恩問。

馬克斯清楚毛皮是寵物很重要的一部分，他向朗恩打包票。他也提到了克隆。

那很貴嗎，馬克斯？

非常貴。

我付得起，朗恩說。其實我正要說，你沒辦法帶牠一起走，但或許你應該要這麼做！

你掛了之後，一票親戚開始花你的錢……接著，賓果！你回來了！然後呢？

我得說，此時此刻，我看著朗恩的眼神裡多了新的崇拜。除了朗恩．洛德，還有誰會如此實事求是地思忖人類未來的各種細節？

*

現在朗恩真的火力全開了。阿爾科的倉庫對他的大腦產生了深遠的影響。當我們站在住戶們懸空擺盪的杜瓦瓶前時，朗恩開始滔滔聊起性愛機器人的不朽。那造福許多人的生命伴侶。

有天你或許回來了，她還在那裡，一如你記憶中的模樣，而且她還記得你。我是說，馬克斯，這是我們可以好好一起思考的點。我在尋找夥伴。我指的不是親密夥伴啦，是商業夥伴。這也剛好適合你那些客戶。性愛機器人比寡婦好太多了。

伴侶可以一起回到未來，馬克斯說，即使他們的死亡時間相隔二十年。

朗恩用力搖頭，牛仔帽也動個不停。這打斷不了他的談興。

你聽我說，朗恩說，聽好！我做生意後學到了一兩件事。人現在越來越長壽，婚姻不再像從前一樣管用了。人需要改變。要是我有一天回來了，我或許不想要老婆了，她也可能不會想要我。最好的做法就是找個機器人，然後且戰且走。

你難道不想要墜入愛河嗎？朗恩。我問。

芮恩，我知道你覺得自己很聰明，但讓我告訴你一些關於人際關係的訣竅，大多數人大多數時間的男女關係都很糟糕，卻不斷夢想著自己可以擁有一段美好的戀情。這根本就是幻想嘛。就像看到沙灘肌肉男，但你一輩子都不會有他壯——不包括你，馬克斯，因為我看得出你T恤下的肌肉有練過。大多數男人都像我……芮恩！閉嘴！你不算。所以我說，面對事實吧，馬克斯，你的訂購方案一定要有性愛機器人的選項。

就在這時，貯藏區的大門敞開，一位高大美麗的黑人女子走了進來。我立刻認出了她。曼斐斯的克萊兒。

克萊兒！妳好嗎？

你們認識？馬克斯問。

是！也不算啦！我回答。我們在曼斐斯見過一面。

沒錯，克萊兒說。很特別的經驗。

什麼？在性愛博覽會？朗恩問，妳是服務小姐嗎？

我的工作是幫助活動順利進行，克萊兒回答，語氣跟北極一樣冰冷。

這樣有比較高級嗎?朗恩問。

這位先生!我可不是去參加什麼娛樂節目!

我沒有冒犯妳的意思,朗恩說。

妳怎麼會在這裡?我問。

我是摩爾先生的私人助理。

哇,妳跑道換得真大。

沒錯。

願聞其詳,我說。等會兒要不要去喝一杯?

我很樂意,雪萊醫生,克萊兒回答。

我也可以跟嗎?朗恩說。

於是,最後我們來到了索諾蘭沙漠的神秘角落,這裡有間小酒吧,有著白錫屋頂、寬敞門廊,以及一位穿著印有〈放輕鬆吧〉T恤的漂亮女孩。

歡迎回來!她打招呼。

你來過這裡?朗恩問。

感覺像是上輩子的事了，我回答。

你相信轉世輪迴？克萊兒問。

女服務生說，他上回來這裡的時候喝了波本酒、吃了烤乳酪。我幫你們拿一些過來？

女服務生款款擺擺地離開。

這屁股真漂亮，朗恩說。

不要用部分的身體去評價女人！克萊兒說。

不然男人要怎麼讚美女人？朗恩問，妳不會也是 MeToo 那一型的吧？

我不會把我的政治立場扯進來，克萊兒說，我只是告訴你，你可以這麼跟女人說：她的眼神多有智慧啊。她的靈魂多美啊。她對事情了解得好透徹。她穿衣服好有品味。

這樣就好？朗恩問。

你就把它想像成練鋼琴，克萊兒說。先彈好這些，我們再來練習其他曲子。

朗恩看來很佩服。他說，我能請妳喝一杯嗎？

芮恩要請我耶，克萊兒說。

他叫瑪芮啦，朗恩說。

什麼？

我決定打斷這一場朗恩之亂。

克萊兒！告訴我，妳是如何從全球燒烤冠軍錦標賽到阿爾科來的？很大一步耶！

沒錯。芮（她叫我的名字時刻意加重語氣，冷冰冰地瞪著朗恩），我看到了願景。

願景？

主給我的願景。

克萊兒開始唱永久磐石為我開，容我藏身在祢懷。她的嗓音超棒。附近客人也鼓掌叫好。

我來這裡臥底，克萊兒說。擔任我主內家庭的使者。我藏身在磐石之中，為了發現靈魂。

誰的靈魂？我問。

逝去的靈魂！克萊兒說。如果你死了。你玻璃化了。如果你回到地球的這個流淚谷，告訴我，你的靈魂何去何從？

這倒是，朗恩說。會去哪裡呢？

我的問題是，克萊兒說：靈魂會回到本我，或是靈魂會回到耶穌面前？永恆亙久？

妳又該如何知道呢？我問。

我不知道，克萊兒說。但主告訴我來這裡，而且要求減薪，我照做了。但我跟教會其他教友的觀點有些牴觸，因為我相信有轉世輪迴。

是這樣嗎？我說。

克萊兒點了點她美麗的頭（我不應該說她美麗的頭，是嗎？好吧。克萊兒點點她那有著慧黠雙眼的頭。）

也許，芮，我們必須考慮，讓一個人復活就是轉世輪迴的更新版。

就是這樣！朗恩說。（克萊兒怒視他。）

所以，假使我們回來了，靈魂也應該加入我們，應該是這樣吧？

希望如此，我說。

而且，那靈魂屬於你過往人生的一部分，克萊兒說，透過來世，靈魂也將更加美善。

妳不想得到救贖嗎？我問。

我已經得到救贖了！克萊兒說，我的救贖永遠屬於我。眼下我在阿爾科的工作是查清楚基督徒應不應該接受玻璃化冷凍，如此一來，等到他們重回這片充滿罪惡的磨難之地時，就可以毫無疑慮地做見證：他們的頭在冷凍的同時，他們的靈魂依然與基督同在。

哇！朗恩說。妳真是位了不起的女士。

我就把你的讚美收下了，朗恩，克萊兒甜美回答。

問題是，克萊兒，我說，妳可能得在阿爾科工作很長一段時間。也許得待到超過退休的年紀，因為到目前為止技術還沒有一定的突破。

會有突破的，克萊兒說。至少我也學到了點知識，畢竟沒什麼人懂低溫學。

我對妳決定的這一步還是有點訝異，我說，我們在曼斐斯聊過，我記得妳極力反對機器人的存在。

沒錯，我反對機器人，克萊兒說。但我總得一件一件地決定我想要的未來。神給了我們什麼？魔鬼又給了我們什麼？

妳認為機器人來自魔鬼嗎？我問。

機器人可以被魔鬼利用，克萊兒解釋，破壞身而為人的神聖性。

我可以說話了嗎？朗恩說。

女服務生端著烤乳酪與波本酒過來。她說，我們今晚有民謠樂團演奏。吉他、班鳩琴、烏克麗麗，好好享受！

小姐，妳相信轉世輪迴嗎？我問。

女服務員側身坐在我椅子上。我能感覺到她的長腿貼著我的腿。她說，你知道，我真的相信。我知道我以前來過這裡。就這個地球。這很難解釋。這是一種很深刻的感覺。來自過去的畫面。

我也看到了那個畫面——朗恩說——所以我才創業。記得我在性愛博覽會的展場嗎？克萊兒？有紫色簾子那個？我叫它「等待國王」。

你才不是國王，克萊兒說。

對，我不是，朗恩說，大部分的男人都不是國王，但一旦有個專門為你客製化的小妖姬，那就不一樣啦。

等一下……你賣的是性愛機器人……克萊兒慢慢開口，彷彿想起了一場惡夢。

沒錯！朗恩說。

太噁了，克萊兒說。

朗恩將帽子推到後腦勺。他俯身向前看向克萊兒，直視她（慧黠）的雙眼。

我來告訴妳一件事，朗恩說，我在威爾斯的教堂裡長大。我媽是主日學老師。妳想知道我的商業座右銘是什麼嗎？

不想，克萊兒回嘴。

你們不要論斷人，免得你們被論斷。《馬太福音》第七章。

克萊兒說，我們有義務維持自己的道德立場……我們——

朗恩打斷她。刺與豆子，克萊兒。

什麼？我問，納悶最新的朗恩之亂究竟是在亂什麼。

他是說樑木，不是豆子啦，克萊兒說。

《聖經》說，我們不應該挑弟兄眼中的刺，要回頭看看自己眼裡的豆子，或樑木之類的，對吧？克萊兒？

《聖經》這麼說沒錯，克萊兒不情願地回答。

那麼，朗恩說，看看鏡子，克萊兒。對僱主撒謊的人不是我，鬼鬼祟祟地，跟俄羅斯間諜沒兩樣！我為有需要的人提供服務。你知道性愛機器人能為天主教會做什麼嗎？那些在男人裙子底下勃起的神父？只要在祭壇後面擺一具機器人，他們就不必再去性虐待孤兒和唱詩班男孩，不會再有通姦、私通，不會再有《出埃及記》裡搞兄弟老婆的狗屁！

我不太舒服，克萊兒說，我得告退了！拜託！

她起身想逃，但朗恩舉起他的手。

聽我說完！朗恩說，等我說完，再評判我也不遲。

克萊兒坐了下來。我遞給她烤乳酪。她機械化地將它吃完（我本來想說像個機器人，但機器人不吃東西）。她看起來像是很需要幫忙，即使是莫札雷拉乳酪也派得上用場。

朗恩說，我老婆把我趕出家門以後——機器人就不會這麼做——不可能——我只好回家跟我媽住，但我跟鄰居合不來。我一走進酒吧，大家都會轉身背對我，開始說起威爾斯語。我就是個邊緣人，而且大家都結婚了。

所以我替自己買了性愛娃娃。沒錯，郵購。基本款，但她屬於我。

我一直是個孤獨的人。

性愛機器人不是人！克萊兒說。

對！朗恩回答，貓狗也不是。但沒了牠們，我們的日子就過不下去，不是嗎？即使是熱帶魚！人跟魚可以很親近。有人一下班回家，就坐在水族箱旁發呆。大家都需要陪伴。這就是人生。那機器人為什麼不行？下班回家時，我的第一個機器人正在家裡等著我，不會說什麼**現在都幾點了你死去哪裡了？**這類的話。她在床上等我抱抱，我每天晚上都在做愛。不用前戲，直接來。擁著她入睡時，我的感覺好多了。停吃贊安諾，也不再長疹子了。

（我瞥了一眼克萊兒。她慧黠的雙眼盯著朗恩，看起來彷彿入了迷。也許朗恩真有點本事。）

後來，我以前在埃塞克斯的朋友被裁員，然後他說他要把資遣費投入比特幣。我們一起上網研究了一下，我也想在辦完離婚手續後，拿自己剩下的錢試試看。媽一直希望可以買間新套房，但我能力有限啊？

我投入五千美金，一年後，你們猜怎麼著，三十萬鎊到手，貨真價實的鈔票。媽終於有了套房，那是一定要的，還附加全新廚房。然後她對我說，小水仙！（她叫我小水仙，因為我有搽鬍後水）。她說，去度假吧，小水仙，這是你應得的。

我問，媽，我該去哪裡？她開始恍神，因為我媽有點靈異體質，接著她說，泰國！有東西在等你……

於是，到了泰國，我遇到了一位提供性愛機器人的女人，品質很粗糙，韓國人做的——而且沒洗乾淨，就算不用錢我也不想跟它們做——第一炮是免費的——我也不想破壞我跟自己家裡的女孩做愛的美妙體驗。所以我找了一般的妓女。很可愛的小女孩。她們大部分都還是學生。我不隨意批評——那裡的風俗民情本來就不一樣。

我每天晚上都幫她寫英文功課。我寫詩。你一定大吃一驚吧，芮恩，但我真的在寫。

我為那些女孩感到難過——真的，因為有些傢伙真的該把他們的老二泡進漂白劑裡，好好消毒一整晚。

然後，事情是這樣發生的——它就這麼來到了我眼前。有一天晚上，我在星空下散步——好幾百萬顆星星，就像拉斯維加斯中大獎的吃角子老虎機，銀幣般的星星撒得滿天都是，彷彿都要掉到地上了。

然後，天空毫無預兆地開始閃電打雷，那是個超大的風暴——大得像是神啟一樣。

我很緊張，因為我和人打賭輸了，老二才剛打了個屌環，我心想，萬一我的老二被閃電打中該怎麼辦？

我在黑暗中躲躲藏藏，等待災難降臨。我住的渡假飯店停電，一片漆黑，我找不到路回去，那時我想，就算我沒有被閃電擊中，這也差不多是世界末日了。我這輩子過得渾渾噩噩，一事無成。我修過幾台烤麵包機，也就這樣了。

我不敢動。我像個死人。人生跑馬燈瞬間閃過，閃啊閃地，一下就沒了。你們呢？你們有沒有做過什麼值得一幹的事？我認為我的遭遇很有宗教寓意，因為後來，回家後，我和牧師討論這件事，他說：**小水仙，你站在一片空曠荒蕪之上**。

然後，我看見了一幅畫面。

我看見一大群孤獨無依的男人，沿著一條殘破的道路行走。大家垂頭喪氣，雙手插在口袋裡。沒人說話，自己走自己的。

然後，在同一條殘破的道路上，忽然間一大群美女朝著這群男人走來。她們永遠不會變老或生病。她們永遠說「好」，從不會說「不」。

天上的月亮跟比特幣一樣大，我知道，我必須挺身而出，為全人類服務。

*

但你在威爾斯能做的有限。

所以我才放眼全球。

朗恩坐了回去。克萊兒盯著他看。她說，今天晚上，你就是天上送我的大禮。

妳這麼覺得？朗恩說。

克萊兒說，我相信你看到的畫面。朗恩，我相信這是真的。

謝謝。朗恩說。

但你將你的願景交給撒旦！不是人類……撒旦！色欲是七宗罪之一！

男人總是想要女人的，朗恩靜靜地說。

克萊兒眼睛發亮。你有沒有想過為耶穌做一個娃娃？

你覺得祂會想要嗎？朗恩問。

我是指**基督徒好伴侶**，克萊兒說。沒錯！我也看到那個畫面了！為傳教士、鰥夫、被肉體誘惑的男孩而做。基督裡的姐妹也可以……

開幹？朗恩問。

這話有點粗鄙了，克萊兒說。順便提一下，我有ＭＢＡ學位。

克萊兒！等等！我說，我以為妳來這裡是為了要調查靈魂的未來，但妳現在打算當朗恩性愛機器人事業的夥伴？

我會前往主帶領我前去的地方，克萊兒說，我相信我的主帶我走向了朗恩．洛德。

這兩人倒是同姓[2]沒錯。

（現在輪到克萊兒瞪我了。）

我還想告訴妳一件事，朗恩說。希望妳不會被冒犯

說吧。

我的第一個性愛機器人，真的，我想她是我一生的至愛，就叫克萊兒。我叫她克萊兒。她現在已經退休了。但是，嗯，對我來說，現在坐在這裡，感覺像是妳以人類的形式回到我身邊。

我其實只是想建議你好好看看財務報表，克萊兒說。

好啦，好啦，好啦，但這也算是我看見的願景，對吧？

也許是主的禮物，克萊兒說。告訴我，你都怎麼打扮你的機器人？

朗恩掏出他的手機。請妳明白，克萊兒，這是給成人市場，不是給耶穌看的。

克萊兒滑著螢幕，看著朗恩資料夾裡那些皮革、蕾絲、丹寧與萊卡布、緊身褲及流蘇。

2 Ron Lord 朗恩．洛德的姓氏與「主」（Lord）相同。

我腦子裡想的，克萊兒說，是一件俐落的洋裝、綁馬尾、吹彈可破的皮膚、不用化妝，還有——

罩杯需要縮小嗎？朗恩問。

40 F對**基督徒好伴侶**有點太雄偉了，克萊兒說。

這得開一條專門生產線，朗恩說，就像我跟開拓重工合作的戶外系列。我是說，如果要投資新型號產線，我得先確定有市場。

我們可以創造市場，克萊兒說。她的口氣坦率得令人吃驚。商業運作就是這樣。晚期資本主義也是這樣運作的。

你是共產黨員嗎，芮？我是共和黨員。強而有力的經濟體對眾人都有利。

不，不是這樣，我說，還有我也不是共產黨員。

他是跨性別。朗恩說，我說過，他的真名是瑪芮。

我的「真名」不是瑪芮！

克萊兒看起來不太開心，聽起來也不怎麼高興……我很震驚，雪萊醫生，上帝創造了我們，我們不應該任意篡改。

我說：如果上帝不想讓我們任意篡改，她也不該給我們大腦。

我同意他的觀點，朗恩說。我很少贊同他耶，沒別的意思，克萊兒。

我看得出自己在這裡有很多事情得忙了，克萊兒說。真的，我終於瞭解，是**我的**主帶領我到阿爾科就是為了今晚的聚會。我找到了自己的使命。

我再幫妳倒一杯吧，朗恩說。

克萊兒，凡事都很篤定是什麼感覺？我問。我是說，前一分鐘妳還很討厭機器人，說它們是撒旦奴役人類的陰謀，現在妳又跟性愛機器人大王合夥了？

克萊兒看著我的眼神充滿同情（或是輕蔑？）芮恩，人們仗恃著自己的智慧與自我前行，而我走上的則是啟發與靈感道路。主要求我要改變想法，那我就改變自己的想法。

好吧，我說，但告訴我，克萊兒，妳從不會猶豫遲疑嗎？不會因為無法瞭解自己或其他人而在夜裡哭泣？

不會，克萊兒說。我會禱告，我也會為你禱告，瑪芮，《聖經》裡沒有人是跨性別的。

《聖經》說的是很久很久以前的事，克萊兒，《聖經》中沒有人搭飛機、喝波本酒或吃烤乳酪。或者……用離子夾把頭髮拉直。

妳的頭髮很可愛，朗恩說。

一切都會改變。克萊兒說。我會變，你會變，只有神不會變。

樂團回到舞臺。節拍超讚。曲調超美。克萊兒拉著朗恩起身，激他一起跳方塊舞。我起身找廁所。它在酒吧後面一小段路，就在星空之下。當我推過百葉門時，音樂消失了。

有個傢伙站在小便斗前，有點年紀，身材肥胖笨重，腳步不穩。我瞥了他一眼，走進隔間。我聽著他尿完。他聽著我小便。接著他忽然踢門大喊：**你以為我是死玻璃？**

我不理他。一秒鐘後，他衝出廁所，門來回擺動。我拉上拉鍊走出去，正在洗手時，他又闖了進來。**你他媽的雞雞是有多寶貝？還給我躲著尿尿？**

你喝醉了，我說。別煩我。

我朝門口走去。他擋住了我的路，他眼神因為酒醉閃爍不定。**給我像個男人地站著尿！快啊！**

我上完了，我說。可以請你借過嗎？

他學我：**可以請你借過嗎？**你說話像個娘們。

他突襲我的胯下——然後發現我沒有那根玩意。

搞什麼？

讓我走，我說。

你上錯廁所囉，小寶貝，嗯？你是什麼怪物？死蕾絲嗎？

我是跨性別者。

他兩腳轉換著重心。給我滾進去！既然你那麼待在廁所裡，就給我滾進去。

我試圖從他身邊離開。他狠狠撞我，我失去了平衡，倒在地板上。他俯身拖著我起來。

我心想：我要不就被揍，要不就被強姦。哪種情況比較糟？

我無須下決定，因為他將我推進隔間，把門摔上，強迫我抵著門板。他摸索著自己的拉鍊，拉出了他的傢伙用力搓揉，讓它變得半軟不硬。

這才是貨真價實的屌你這死蕾絲玻璃，想不想要啊？

不想。

反正老子幹定了。他將手伸進我襯衫下。

幹你媽的怪物！你把奶頭割了？沒有奶頭也沒有老二。他媽的怪物！

他開始扯起我的牛仔褲。胖胖的髒手指試圖拉下拉鍊。

拿開你的手，我說。

你不喜歡我的手喔，小怪胎？

他用手背甩了我一耳光。

給我脫掉！

他的臉離我只有兩公分，他呼吸裡瀰漫的煙味與威士忌酒味直直朝我臉上噴。我解開牛仔褲，轉頭不看他的臉。我能感覺到他的雞雞抵著我的陰毛，死命地瞎戳。

他射不出來。他一直往前頂我，但就是沒子彈。他比我高得多，重上一倍，恐懼讓我的腦筋清晰了起來，我想我可以讓他跌倒，借力使力，利用他的體重與醉意對付他。他醉得一蹋糊塗，一面戳刺，一面將頭靠在隔間門板上。

他媽的腳打開一點！

我動了一下，當他跟著移動時，我抓住機會，使出最大的力氣往他身上一推。他往後靠倒在馬桶邊，頭撞上水泥牆。他呆了一秒鐘，這足以讓我從門縫裡脫身，我拉起牛仔褲，跑進酒吧後方的黑夜裡。

到了外面，我靜靜地站著，整理衣服，仔細感覺自己的身體。沒有傷口，沒有流血，沒有精子。只有他留在我手指上的噁心氣味。他出來了，笨手笨腳，踉踉蹌蹌，一面吼著汙言穢語一面生氣。他停在外門邊，影子投上了露天陽台。我的汗水變得好冰冷。如果他現在發現我……但有另外兩個男人正朝廁所走去；我聽到他們的聲音、他們的腳步聲，然後是**嘿！站穩啊，大哥！這裡才是回酒吧的路！**

他們一定幫他轉過了方向，因為我聽見了他打開門時的音樂吵雜聲。

沒事了，沒事了，我對自己說。

我任由自己滑下棚外的粗糙木牆，屈膝坐下，雙腿緊緊靠著下巴。我渾身又痠又痛。我需要泡在消毒劑裡，再塗上一些乳液。這不是第一次，也不會是最後一次。我不報案，因為我無法忍受員警的眼光、嘲笑與恐懼。我無法忍受人們未審先判，好像不知道為什麼都是我的錯。如果不是我的錯，那麼我為什麼不為自己奮戰？我不會說，去急診單位輪班個幾晚，你們就知道起身奮戰會有什麼下場。我也不會說，最快的方法就是趕快結束這一切。我不會說，難道這就是我必須付出的代價？

為了……為了什麼？只為了我想當我自己嗎？

在暗夜裡哭泣吧，為你自己或別人無法理解的事哭泣。就在暗夜裡哭泣吧，好嗎？眼淚沾濕了我的膝蓋，因為我的臉埋在兩腿之間，盡可能讓自己變得越小越好。讓自己改變。這就是我。

你的本質為何，
你如何構成？

希望是一種責任。希望是我們的現實。

雪萊這麼說，並且也深信不疑，但對我而言，那盞光已然熄滅了。裡面的光與外面的光。我沒有油燈，也沒有燈塔。我在巨浪滔天的海上，岩石讓我粉身碎骨。

羅馬。威尼斯。利沃諾。佛羅倫斯。我們回到了義大利，因為我們在英國待不下去。心胸狹窄、自鳴得意、自以為是、不公不正，一個厭惡陌生人的國家，無論這個陌生人是外國人、無神論者、詩人、思想家、激進分子還是女人。因為女人對男人而言，是陌生的。

但那都不是我的黑暗來源。我的黑暗從我出生起就如影隨形；死亡的黑暗。

我的小女兒發燒了。我丈夫去了威尼斯旅行，我本來應該靜靜地留在原地照顧孩子，但我卻決定去威尼斯找他。整整四天舟車勞頓、風塵僕僕、污穢、嘈雜、髒水，等我終於到了威尼斯，他連忙去找醫生，但我美麗的卡兒已經在我懷裡停止了呼吸。我不要放開她。我抱著她逐漸冰冷的小身體。還能說什麼？

第二年，一八一九年，我們在羅馬。我的孩子，威爾——小耗子威爾，我們總是這麼叫他——他的義大利文講得跟街頭攤販一樣流利。義大利是他的故鄉。

人們警告我們不要待在羅馬。夏天致命的瘧疾四處肆虐。但是威爾在那裡很開心，我的精神又回來了，我對雪萊的愛足以再次點亮我體內的油燈，因為他是我的燈塔。

然後，出事了。我應該在一八一九年六月七日死去的。相反地，小耗子威爾走了。在這個星期裡，他的生命每天一點一滴地消逝，直到一點不剩。就這樣嗎？原本那活力充沛、元氣十足的生命呢？化學作用與電力一旦熄滅，生命將何去何從？**我說，我的小生命哪裡去了？**

我丈夫用盡一切氣力緊擁住我，阻止我對著牆上的畫大吼。我畫中的孩子不會發燒。我二十二歲，已經死了三個孩子。

你會說，雪萊也是，雪萊也失去了三個孩子。但他沒有崩潰。我徹底崩潰了。

*

我又懷孕了。這孩子將在十二月出生。我不知道我是否能承受這個現實。死亡的現實。在死亡後來臨的新生。雪萊過來找我，**別碰我**。

我看出他因我的不友善備受傷害。哦，我的愛，我看不見的燈塔。我不是不友善。我是要瘋了。你聽見了嗎？（這女人對著牆大喊大叫）**我要瘋了**。

無法工作、吃不下、睡不著、走不動、無法思考，除了我眼前電光火石般出現的墓地畫面，我的夢境只有我那些死去的孩子。怪物。我創造了什麼，又殺死了什麼？

我不肯讓僕人換掉他死在我懷裡時的床單。有長達三個月的時間，我一直躺在死亡的臭味之中。是像成年人般，與日漸增地腐朽，最終消逝在塵土間，任憑忙碌的蠅蟲啃蝕比較好？還是像孩童般，在生命綻放於粉嫩臉頰、紅潤嘴唇之際，突兀離世才是幸福？喔，那小臉蛋是如此蒼白！

帶我離開帶我離開帶我離開死亡吧。

九月的一個清晨，雪萊拿著一封信與幾份英國寄來的報紙敲我的門。

發生了一場大屠殺，他說。一個月前的事，消息現在才傳到這裡。報導在這兒。

哪裡？我問。

曼徹斯特。聖彼得菲爾。他們現在管它叫彼得盧，滑鐵盧的盧。

根據經驗，我知道蘭開夏郡的狀況有多糟。一八〇五年時，一名紡織工人一星期工作六天可以賺十五先令，保持一家生活無虞。到了一八一五年，與拿破崙的戰爭結束後（特別是最後那場知名的滑鐵盧戰役），這些工人可能頂多掙五先令。托利黨政府做出的回應是引入《玉米法》，禁止更便宜的外國穀物進口，饑苦家庭賴以維生的穀物。

為什麼有這種瘋狂舉動？他們稱之為愛國主義。英國人的英國！約翰牛[3]的麵包就該賣約翰牛的價錢。真相其實是：《玉米法》是為了保護富到流油的英格蘭莊園仕紳利益，這些人打著愛國自由的旗幟漫天喊價，自家玉米愛賣多貴就賣多貴。於是，他們任婦女兒童饑貧交迫、任勞工階層崩潰傾毀，好維持自己的財富。這就是我們的英國政府。

說得好，我的愛！雪萊說，他很高興看到我在他面前自然流露的感性。而且我在床上坐了起來。

但怎麼會引發暴力行為呢？我問。

他走近前來，坐在我的床邊。

3 John Bull。英國的擬人化形象，類近於美國的山姆大叔。

他說：蘭開夏郡的人們召集了一場大會，聽激進的演說家亨利．杭特演講。內容當然是要求廢除《玉米法》，讓老實男男女女有工作養家餬口，會中同時也要求遭把持的國會下台，畢竟下議院的議員都是仕紳貴族階級屬意的人物。大型工業城鎮沒有實質的代表權。

對，就是這樣，我說，因為英國的財富正從土地轉移到城鎮，然而這些膨脹的勞工人口卻完全沒有自己的發言權，也沒有人代表他們說話。

確實，確實，確實！雪萊說。這裡也是這麼寫。根據報導（他舉起報紙，因為字體很小，他眼睛又不好），參加大會的竟然有十萬人！

十萬！我說。

對啊，他回答，而且大夥都很清醒，打扮得很體面呢。

導火線是什麼？我問。

唉，地方官員不重視抗議聲浪就算了，還派出了民兵，更糟糕的是，這些人騎在馬背上揮著軍刀驅趕他們口中的「暴徒」，儘管所有報導都提到抗議者根本就跟上教堂禮拜一樣冷靜。

這太邪惡了，我說。而且是人不該有的邪惡。

雪萊再看了一次報紙：有十五或二十人左右喪命，數百人受傷。看來民兵特別針對婦女。

英勇的人民哪！我說。

*

雪萊說，輿論強烈抨擊抗議者受到的殘暴待遇。政府厲聲指責地方官員，卻把責任撇得一乾二淨，不認為自己該對曼徹斯特地方的暴行負責，也不承認是他們通過的法案導致了抗議發生。但外界批評聲浪連連，已經勢不可擋！

這會是英國革命的開始嗎？我問。

不知道，雪萊說。靜待更多消息吧。

假使我母親在世看到了，我說，她一定會趕去曼徹斯特。

我們可以回到英國，雪萊說。為抗議行動付出我們的一分力氣。

我懷孕了，我說。

他拉起我的手。我知道……

然後他說，請回到我身邊，瑪麗。妳是我靈魂的靈魂。

我握著他蒼白修長的手。撫摸我身體的手、搓揉我頭髮的手、餵我吃乳酪的手（我懷著孩子時總是想吃得不得了）、寫出美麗詩句的手。那隻手上戴著戒指，告訴全世界，他是我丈夫。

我從來不曾離開你，我說。（但這不是真的。）

我們可以去佛羅倫斯，他說。重新開始。

我們總是在重新開始，我說。難道我們每到一個地方就要留下一個死去的孩子嗎？

他從床上跳了下來，摀住臉，踱步走向窗戶。他拉開了百葉窗。天光似乎透過了他的身體，使他看上去恍若幽靈。

別說了，瑪麗！求求妳！起床。洗把臉。寫吧！寫吧！

他大步走回到我身邊，握住我的雙手，跪在床邊。親愛的，我們去佛羅倫斯吧。我們的新寶寶會在那裡出生。

在冬天……我說。

在冬天……他重複。（欲言又止。）

然後他說。冬天來了，春天還會遠嗎？

我們所作所為的一切。我站起身來叫僕人們將床單泡在鹽水裡。我還洗了澡，坐在書桌前，桌上擺了一壺酒，拿墨水沾了筆尖。

一年前，《科學怪人》在英國出版，成績還不錯。看來它有機會活下去。奇怪的是，**他**的臉也出現在我的夢裡，維多。與勝利兩字無緣的維多。我在書中，寫的盡是失落，這一切是否都是巧合？

我和雪萊在一起五年了。其中四年，我的一個個孩子——我們共同的結晶——出生，接著死去。這是對我們生活方式的懲罰嗎？邊緣人與異鄉人的宿命。

我媽不怕當邊緣人。然而，她渴望愛情。

我有愛，但在這充滿死亡的世界裡，我看不見愛的真義。真希望能有一個沒有嬰兒、沒有肉體，只有心智存在，以思考美與真理的世界。假使不是肉體束縛著我們，我們就不會遭受如此的折磨痛苦。雪萊說，他希望他能在岩石、雲彩或某種人類形態上烙印自己的靈魂，年輕時，只要想到他的肉體終將消逝，就會讓我絕望沮喪，即使他人就在那邊。但如今我眼中只看得見肉體的脆弱——這輛由骨骼和組織撐起的大篷車。

在彼得盧，如果人人可以只派頭腦到場，將肉體留在家裡，也許就可以免遭大屠殺。我們無法傷害不存在的東西。

想像一下，如果沒有「彼方」呢？如果我們就只是永恆的純淨靈魂，不受死亡或時間的流轉所拘束呢？

如果我的小耗子威爾只是靈魂，可以隨他高興地開開關關肉體呢？沒有疾病能夠帶走他。我們的身體可以變得像是外衣，想脫就脫；同時心智活動自如，想去哪就去哪。那麼，少了肉體，死亡就無處棲身，不是嗎？在我的夢裡，我的孩子喚我隨他們一起離去，每夢到一次，那條漆黑的長廊就越更往下沉上一些。我會去的，但我會帶著今世相隨。

再多一點耐心，一切就會結束。

我母親臨終前的最後一句話。

在佛羅倫斯，我們住進一棟很不錯的房子。雪萊讀克拉倫登的《英國叛亂與內戰史》以及柏拉圖的《共和國》。他熱切期盼見到一個英格蘭共和國的誕生。他從未放棄自己的樂觀——我也曾經與他一同分享這份熱情——但如今看來，在善惡的較量中，邪惡已然佔了上風。即便我們盡了最大努力，一切依舊事與願違。一台能力堪比八名紡織工的紡織機，應該要能解放八個人的奴役狀態。相反地，有七名技術純熟的勞工被迫丟了工作，跟家人一起捱餓，剩下一位技術純熟的工人變得無所適從，鎮日照管著一台呆板作動的紡織機。假使多數人受苦，只有少數人得利，那麼這一切的進步究竟意義何在？

雪萊一面大聲朗讀，我一面拿這些問題問他。老實說，我能接受的朗讀音量有其極限，尤其現在家裡沒有酒。僕人看著酒壺摔下驢背。要不然就是她偷走了。

我對丈夫說：多數或少數？

他抬起頭來，停止了朗讀。瑪麗！妳讓我有了靈感！我正在寫一首關於彼得盧的詩。一首革命與自由的詩，我希望把它讀給世界各地勇於追求自由的男女聽。

我們還有乳酪嗎？我說。

我的詩叫作《暴政的假面》，雪萊說。你知道我今天在圖書館讀到跟自己有關的消息嗎？在《每季回顧》裡頭。他們剛從英國收到新刊。我坐在英語區，靠近那個眼睛很小、每天上教堂、在市場裡總是盯著我們看的胖太太。她也在讀那本《回顧》……

雪萊先生將會廢除財產權。他會推翻憲法……沒有軍隊，沒有海軍，他要摧毀我們的教堂，夷平我們的機關，破壞他無法忍受的婚姻制度，可悲的是，屆時各種搞七捻三的男女關係將會大大增加……

他背了記憶尚存的罪孽清單。最後，他驚呼：我才不可能摧毀教堂！我喜歡教堂。我討厭的是裡面發生的事。

讀你的詩給我聽吧，我不要聽你在那邊一一列出別人對你的恐懼與嫉妒，我說。

我的詩還沒完成，他說，但妳已經給了我最棒的句子！哦，瑪麗，妳還記得嗎，我還牢牢地記著，就像一隻狗兒絕望地刨著主人住過的廢棄老屋大門；妳還記得那年夏天在日內瓦，我們一起工作的時光嗎？妳開始寫《科學怪人》，我們經常一聊就聊到深夜。我常常讀新作品給妳聽。那時我們好快樂。

那時小耗子威爾還活著，我彷彿夢囈般地回答（我當然記得，我怎麼可能忘得掉？）

那時的我們和現在不一樣嗎？他問。我們還是同一群人嗎？他從扶椅中支起身，吻了我的額頭。

讀給我聽吧，我說。

於是他開始讀《暴政的假面》。我聽著他的聲音往復跌宕如海浪，而我不禁好奇：人類的夢想最終會變成什麼？我們會看到它在痛苦與絕望裡告終嗎？我們能掙脫此生的殘酷嗎？或許透過一些巧妙的智慧，找到更好的出路？

任騎兵彎刀在手

揮舞閃耀，一如眾星鐫鏤
渴望偃熄燃燒的刀刃
於死亡與哀泣之海俱焚。

你們傲然挺立冷靜堅毅，
一如巍峨茂林無聲緊密，
交叉的雙臂、不豫的眉宇
就是這場不屈之戰的武器……

雪萊停頓了一會，繼續用鉛筆寫著。我要把妳的話寫進去，他說，我會稍作更動，以符合宗旨。這會是最後的詩節。

奮起一如初醒雄獅
以此不屈浩蕩眾勢——
搖落你們的枷鎖委諸塵土
一如抖落睡夢加身的晨露——
你們是多數——他們才是少數。

我們是多數，他說。有許多雪萊、許多瑪麗。今晚，許多人的精神與我們同在，完成在此的工作後，我們也將起身而行，與他們同在。終將潰散倒地的肉體不會是人類夢想的終點。

人類的夢想……

大腦——比天空還要遼闊——

愛蜜莉・狄金生

那個鋼盒就擺在鋼桌上。

Talking Head！朗恩說。我超愛那個樂團的！《真實故事》！超讚的專輯！你們有看那部電影嗎？那個唱著「我穿著毛皮睡衣」的胖子就是我。

歷史上有許多會說話的頭，維多說。我說的是人類豐富想像力的歷史。其中最詭異的莫過於自然哲學家兼業餘煉金術士羅傑．培根。在十三世紀末時，他似乎做了個會說話的青銅怪頭。

它說了什麼？

它說的很少：**時間是**。**時間曾是**。**時間過了**。然後它就爆炸了。

浪費時間，要我就這麼說，朗恩回答。我的女孩們可說得比那玩意好太多了——而且她們還有健康安全標章。你可不想讓自己的老二被炸成碎片吧？

朗恩！克萊兒說。我們不是說好了不講粗話？

抱歉，克萊兒，朗恩內疚了起來。教授，我還沒有向您介紹——這是克萊兒，我的新商業夥伴，也是我一生的愛。克萊兒，這是斯坦教授。他是個大天才。

謝謝你，朗恩。

我正在研發新的機器人叫做**基督徒好伴侶**。克萊兒寫信給美國每一間福音教會。我們得到了熱烈回應，對嗎，克萊兒？

是的！克萊兒說。走上狹路只能孤獨一生。耶穌自己也有抹大拉的馬利亞。

他們跑到法國後不是生了很多孩子？**耶穌與馬利亞一幫子**？《達文西密碼》小說中就是這樣說的。

他們的結合是純潔的，克萊兒說。丹．布朗寫的你一個字都不要信。

但這是好主意啊，朗恩說，總比死在十字架上好。

朗恩！

我是說從耶穌的角度來看……

耶穌為了承擔我們的原罪而犧牲，朗恩。

這我知道，克萊兒。我懂妳說的。我只是很遺憾他沒能逃到法國。

維多說，有些神學家——以及丹．布朗——相信耶穌有另一種人生——一個有孩子的人生。

耶穌從來、不曾有過性行為，克萊兒說。

妳確定？維多問。

我確定，克萊兒說。

但是克萊兒，朗恩說，說到我們的**基督徒好伴侶**，我以為我們都同意留下後面跟前面的洞洞，還有全速振動？至於嘴巴……

是的，沒錯，克萊兒說。個人用途任憑個人喜好。

還好！朗恩說。我才剛下訂了兩萬個給神的機器人。我可不想去把六萬個洞洞一個個塞起來。

朗恩！

抱歉，克萊兒，妳是我靈魂的主宰，但我得在商言商。嘿，教授！你在梵蒂岡有認識的人嗎？

恐怕沒有，朗恩，而且，我以為你對製造男孩機器人不感興趣？

我之前是沒興趣，但那是因為驅動力不足的問題。我心裡已經有雛型的這批新機種不是拿來服務女士們的。它們是服事機器人。專門服務神職人員，只要屁眼夠深……

朗恩!!!

我們討論過了，親愛的，朗恩說。我們都同意這可以幫助那些脆弱的男孩們。

我只是不喜歡跟剛認識的人談論這些，克萊兒說。

哦，妳在教授儘管暢所欲言，朗恩說。他可是科學家呢。

大家先來喝杯茶吧？維多說。然後我得去忙我的人頭了。

真有點奇怪，朗恩說。桌上的保溫箱裡裝了顆人頭。這整個地方都超不對勁的。

*

我們四個人都在地道裡。當天早上電力供應不穩——先是一路蜿蜒的條狀燈管忽然迸出鋸齒狀的白光，接著是昆蟲般嗡嗡作響的異常電流聲，再來是亮、暗、亮、暗的閃爍，你看得見啦，你又看不見啦，前一秒我們置身黑暗，下一秒又地道又充滿了光，彷彿是在觀察我們，而非照亮我們。

克萊兒正觀察著兩台蒸汽機大小的巨大發電機。為什麼它們叫珍與瑪麗蓮？她問。

冷戰期間在這裡工作的人把它們取名叫瑪麗蓮．夢露和珍．羅素，維多說。你們如果在這附近走走，會看見很多五〇年代電影明星的褪色海報。

從前的女明星身材都不得了。這都要怪崔姬啦，朗恩說。我討厭紙片人。

說得好，朗恩，維多說。大多數事情都可以怪在飲食變化頭上。非生物生命形式又會如何找到毀滅自己的方法？想想實在有趣。鐵定不會是糖、酒精或毒品。

我還以為ＡＩ很完美呢？朗恩說。

誰說得準呢？維多說。人類創造過什麼完美的事物？明明一切的出發點都是良善的……

你這次講得不太一樣，維多。不太像你的ＴＥＤ演說。

維多聳了聳肩。到頭來我們會明白的。不管怎麼說，它有可能比人類更糟糕嗎？我今天讀到，從一九七〇年來，人類已經消滅了地球上百分之六十的野生動物。我們有位巴西的獨裁者，打著民選總統的旗幟大規模開發亞馬遜雨林，換取商業利益。除了人工智慧，人類真的沒有更好的機會了。我們現在才想做點其他事情已經了。

盒子裡的那個傢伙呢？朗恩說。他也太遲了嗎？

鋼盒就像遊戲節目的最後一道挑戰題，端放在鋼桌上。**打開吧，維多**。我為傑克準備了一些東西，如果我成功了就能派上用場。你們想看嗎？

維多消失在某扇門後，走進某個我從未獲邀進入的房間。那些房間就像是藍鬍子的密室。其中有個房間有著最小的門，要用沾滿鮮血的鑰匙打開。但問題是，究竟是哪一間？

維多回來的時候帶著一個像是木偶與機器人生下的混血兒。圓柱狀的底盤裝了輪子，上面是一具有著手臂與頭部的軀體。整個物體大約六十公分高。

傑克的體型很小，維多解釋，我想他會喜歡的。這是他的新身體。

你要把他的大腦放進去？朗恩問。這看起來就像是小朋友的玩具。

不是他的大腦。他的大腦只是個資訊載體。我上傳了裡面的內容後就不需要它了。大腦是外包裝。把你自己想像成一堆數據資料，朗恩。你的資料可以儲存在許多容器中。目前，它被儲存在一個大型的血肉保險箱裡。

謝囉，朗恩說。

我想讓傑克可以四處移動。上傳人類的挑戰之一就是他們發現自己沒了肉體會極度震驚。我們認識的東西只有自己的身體。

我不太懂，朗恩說。

這樣想吧，維多說。你的死期快到了。你的身體老邁不堪。我上傳你的資料——你之所以為你的一切總和——接著你變成了我電腦裡的檔案，上面寫著**朗恩·洛德**。

我不喜歡這樣，朗恩說。

比起變成死人，你會更喜歡這個方案的，維多說。

但我不會知道我死了，朗恩說。

重點來了。一旦你變成純粹的資料數據，你就可以把自己下載到各式各樣的形體中。碳纖維身體會賦予你曾經擁有的一切獨立機能，而且力量超大，速度超快，還不必擔心受傷。萬一你的腿脫落了，我們就幫你再裝一隻新的上去。假使你喜歡翅膀，我們可以給你一個超輕外殼，然後你就自在地飛翔去吧。

現在呢，維多說，可以請大家穿上防護服跟我一起來嗎？維多問。隔壁很冷。我要打開這個箱子了。

我們看起來就像冷凍庫裡的肉販。口罩、護目鏡、手套、防護衣。

我們跟著維多走上廊道。為什麼這裡的燈左右搖晃，像是瘋子的鐐銬？這就是專屬我們的貝德拉姆嗎？隱密、神秘、於法不容，窩藏著我們不該知道的東西？

維多似乎讀出了我的心思。

他說，不要因為輕微的暈船感就覺得緊張。我們其實就像在潛艇裡。我們上方的城市正在移動、搖擺，所以我們會有感覺。這裡的空氣與電力仰賴發電機與通風設備。這是一個維生系統。

我全身都是灰塵，克萊兒說。

可能是因為四處都在震動的緣故，維多說。

有人把這裡全都巡過一遭嗎？朗恩問。

沒有，維多說。誰都進不來。到處都是死路和障礙，轉彎後也無路可走。這裡跟整座曼徹斯特一樣大，到處是地下掩體、通道還有岔路。

維多打開一扇門。一陣強烈冷風向我們撲來。我們走了進去。

我們置身的房間驀然出現，接著又消失在它自己的冰霧中。我們打量著彼此，像是陌生人，也像是觀察員，接著，我們也從彼此的視線中消失了。一排設備出現在一道牆上。

請放下盒子，維多說。

朗恩將它放下。

很好，維多說。正如佛家所說：不悲過去，非貪未來，心繫當下，由此安詳。

維多開始動手旋開盒子的上蓋。他一面說話一面動作。就像是地球任一個角落尋常實驗室裡的尋常實驗。尋常不過的螺絲起子。尋常不過的解說。

維多說：嬰兒大腦有大約一億個神經元。每一個神經元又與大約一萬個神經元互相連結。它們做的事情很簡單——但又令人驚嘆。所有的、各式各樣的資訊以一連串電脈衝的形式通過，由神經元的樹狀分支展開接收。這些分支又被稱為樹突。但是大腦不會將這一切只留給自己。你聽過那個說法吧——一起激發的神經元會連在一起？大腦是一台會開創自我格局的機器。我今天希望做的是取出它的一些格局。

接著，他打開了保護頭部的襯墊。

我們簡直無法相信自己的雙眼。這感覺就像是我們在北極無意間發現了一個古代石堆。發現了在帳篷裡的史考特。找到停留在另一個世界的肉體。

那張臉縮水了。頭髮稀疏，一縷一縷。鬍髭翹立——每根鬍鬚都站得直挺挺的。嘴唇凹陷得幾乎看不見。這顆頭彷彿是顆蠟像模型。雙眼緊閉。

氮氣在這顆頭上盤旋。他——它——彷彿是降靈會召喚而來的東西，可怕又不可知。

它會開口說話嗎？

你好啊，傑克，維多輕聲說。他伸出戴著手套的手，輕輕撫摩那顆頭。**我一直很想念你。**

他轉向我們。很榮幸向各位介紹我的良師益友：I．J．古德。

漢普斯特德，倫敦，一九二八年

伊薩多爾！不要再盯著你的肚臍看了，把錶殼給我拿來。

是的，爸爸。

他父親只穿著襯衣和背心，坐在工作坊的長椅上，他戴著單眼放大鏡，俯身檢視一張紙上散落的迷你零件以及更迷你的鑽石。那只手錶的黃金外殼打開了，裡面空無一物。

再兩小時就是安息日了，伊薩多爾。

是的，爸爸。

去池塘玩吧，你不是想去池塘玩嗎？去吧！

爸爸，你修好了嗎？

他的父親打了個手勢，比了比木凳底下的抽屜。

伊薩多爾拿出那架發條驅動的漢薩-布蘭登堡水上飛機。他的年紀還太小，對那場戰爭沒什麼印象。他出生於一九一九年，戰爭結束的後一年。一名叫格雷夫斯的警官將這架德國做的錫製玩具送給他的父親，以支付手錶修理費。這架水上飛機大約有三十公分長，可以直接滑過白石池塘。每次帶著它去池塘邊，其他男孩都會跟他一起玩。

他拿著那架水上飛機跑上冬青山丘，朝池塘走去。啤酒廠的拖曳馬兒在淺水區舒緩沉重的馬蹄。其他男孩帶了他們的皮足球。

嘿！猶大！

他們叫他猶大。

他將鋼絲眼鏡塞進口袋。他的襪子太鬆，跑步的時候會往下掉。以他的年齡來說，他個頭很小，但他比他們聰明許多。

數字要緊，伊薩多爾，數字要緊！他的父親創造鑽石排列的圖樣，正如耶和華創造繁星。

他不信神。

他轉緊水上飛機的發條，蹲下來，讓它在池塘滑行。

其中一個男孩在飛機抵達對岸時一把抓住它。他把它高高舉在頭上，嘲笑伊薩多爾。**骯髒的猶太人！**接著他用盡全力，把錫製的飛機扔進池塘最遠最遠的地方。它的發條鬆了，只能在水面上漫無目的地晃動。伊薩多爾別無選擇，只能涉水撿起它。他脫下襪子和鞋子，一隻手抱著鞋襪，同時渾身發抖地進入水中。水淹過了他的膝蓋、浸濕他越來越沉重的短褲。男孩們都在嘻笑。

別回頭，伊薩多爾，別回頭。自己說。跟你自己說。他媽媽交代了：別回頭。

他才不會像《聖經》裡羅得的妻子一樣，一回頭就變成鹽柱。還有另一個人也回頭了——希臘人，奧菲斯。

他沒有回頭；他抓起小飛機，笨拙地涉水來到池塘的另一邊，那裡有幾個馬夫正在抽著菸斗，與馬兒站在一起。沒有人跟他說話。

他慢慢走回家。他喜歡沿著山丘建造的高大建築。他腳下踩著鵝卵石，頭頂有大樹。太陽正要下山。光線昏黃，煤煙裊裊。他母親已經點起了安息日蠟燭。他父親戴起圓頂小帽，站起身來等伊薩多爾回家。他身上仍然穿著那件濕透的短褲，戴起鋼絲眼鏡，然後一起唸誦《卡迪什》。

他的數學比學校其他男生都好。他輕輕鬆鬆便申請到了劍橋大學。現在的他不是伊薩多爾．雅各古達克，那位波蘭猶太人了。現在的他是I．J．古德，他的朋友叫他傑克。一九三八年他從劍橋耶穌學院畢業，希特勒吞併了奧地利，佛洛伊德跑來漢普斯特德住，對一個猶太人而言，這是個最糟糕的時代。

但在一九四一年，傑克被邀請到布萊切利莊園工作。八號小屋。艾倫．圖靈是他的主管。古德負責的是海軍部門的密碼破譯工作。當時圖靈的團隊已經破解了德軍陸空作戰計畫的恩尼格瑪密碼，但納粹海軍極其擅長保護它們的無線通訊。各種訊息都需要好幾天才能破譯，等到結果出來，也已經派不上用場了。

小懶蟲，起床了！

圖靈搖著他的肩膀。他的羊毛領帶不斷打到古德的鼻子。

你生病了？

沒有，我沒生病！只是累了！

這是夜班耶。

根本沒班好上！我還不如睡大覺！

其他傢伙都醒了，但你還在睡？

我哪有在睡！你不是已經把我吵醒了！

偶爾，只是偶爾，他說起話來就像他父親，主要是口音的問題。這是個不太順利的開始，但傑克在夢裡的工作效率倒是高得前所未見，他常常夢見白石池塘那架漢薩-布蘭登堡水上飛機。

K密鑰簿。

德國電報員必須在三字元一組的字串加入無法識讀的密文。究竟這些密文是隨機產生的，或是特定字母有其對應規律？他檢查了一些已經破解的訊息——沒錯，有規律……德國人手上有一份對照表。

他向圖靈指出這一點……他又開始對他嘮嘮叨叨了。

後來，某天晚上，下班了，燈也熄了，艾傑盯著一條無法破譯的訊息——這台恩尼格瑪密碼機調校在「**軍官**」設定——他死盯著，繼續盯著。

他的眼皮好重，太陽已經下山了，他聽見了父親的聲音，聞到了餃子與高麗菜的氣味，他睡著了，倒流的時間如陀螺般轉，時間就是驅策它轉動的那條皮鞭，他的襪子鬆了，他跑下山去——或是他正往上山跑——跑到那座像是月亮的池塘，他抬頭一望，滿月在天，夜空繁星燦爛如鑽石，他父親正修理著一只手錶，他母親說**別回頭**，男孩們全在嘲笑他，他看見順序顛倒了過來。

順序顛倒了過來。

隔天早上，他在恩尼格碼密碼機上將變動式加密與特殊加密的密文調換了順序。他破解了密碼。

他看起來就像是時空旅人，克萊兒說。

時空旅人，維多說。這個說法最早出現在一九五九年。

你懂好多喔，克萊兒說。請問，你結婚了嗎？

我太忙了，維多說。

真的嗎？我問。

我拿餐盤端了咖啡以及尼祿餐館的三明治回到房間。即使是瘋狂科學家也得吃東西吧。

你有多買一杯咖啡嗎？維多問。

沒，怎麼了？

看來我們有位不請自來的貴客。

維多打開螢幕。有個偷偷摸摸的人影，正拿著手電筒走下樓梯，看起來就像是希區考克電影裡的臨演，是波莉D。

該死！我說。她是怎麼進來的？

她一路跟著你，維多說。我們去迎接她吧？

＊

維多拉下一整排像是出現在《科學怪人》電影裡的電箱開關。全場大亮，如《世界大戰》般的宏亮警笛聲打破了混凝土掩體的隱蔽安靜，轟炸起我們的耳朵。

老天啊，教授！朗恩說。不用那麼大聲，我有戴助聽器！

維多以誇張的動作推開大門。他應該穿一件白色長袍的。

D小姐！真是個大驚喜！雖然不完全令人愉快，但依然是個驚喜。

門是開的，波莉說。

所以妳就自己進來了？

你們在下面做什麼？

不，不，維多說。是**妳**在這裡做什麼？

我有一些問題請教，波莉正要開始說下去，維多就舉起了他的手。

恐怕我得讓妳失望了，D小姐。這個地下金庫裡沒有超級人工智慧潛伏。沒有蓄勢待發的機器人大軍準備接管英國。我不是奇愛博士。這種科技的突破——當那一天真的到來——也會出現在美國或中國。試試闖進臉書的八號樓，或是駭進馬斯克的Neuralink——千萬不要把時間浪費在曼徹斯特。英國人手上根本沒有前往下一步的資源。

你有一顆頭……

全腦仿真？這就是妳感興趣的嗎？那就去找牛津大學人類未來研究所的尼克・博斯特羅姆。他是個有趣的傢伙。

你打算讓冷凍的大腦重生，對吧？

維多聳了聳肩。

我有興趣寫篇報導！

妳當然有興趣。我們都有興趣。穿著白色長袍的瘋狂科學家。神秘地道。玻璃化冷凍的人頭復活了。

不好意思，克萊兒說。我們是不是在哪裡見過面？

女士們互看彼此。

天啊！波莉大喊。「智能愛動」！

妳有參加展覽對吧，小鳥兒？朗恩說。性愛博覽會？

別叫我小鳥兒，波莉說。

抱歉，小貓咪，朗恩說，妳是模特兒嗎？妳看起來像是個模特兒。

我不是模特兒，波莉說。（但我看得出來她不介意被誤認為是模特兒）。

隨便啦，朗恩說，總之妳在現場，我來告訴妳之後的進展——教授跟我現在可是合夥人了——克萊兒是我的新任執行長——哦，而且我們決定要買下威爾斯。

什麼？整個威爾斯嗎？我問。

沒錯！我們的計畫是向全世界展示威爾斯，全球第一個上下內外完全整合的國家。人類與機器人。

威爾斯公投脫英，我說。威爾斯人民共和國，記得嗎？你怎麼覺得一個種滿韭蔥的國家會吃你多元文化機器人這一套？

這就是美妙之處！朗恩說。機器人都會入籍威爾斯，不會是外國人。我們會在卡爾地夫生產製造，它們都會帶著威爾斯口音！

太美妙了，克萊兒說。

種族主義，解決！朗恩說。英國脫歐，解決！我們有機器人挑花椰菜、掃馬路、在醫院工作，但大家都是威爾斯人！這是新世界的典範。

非常有開創性，維多說。你還可以把它們賣到匈牙利和巴西。或者賣給川普。但他不要墨西哥機器人。

真他媽的聰明！波莉說。你願意接受《浮華世界》的專訪嗎？

那是化妝品雜誌嗎？朗恩問。

我們很樂意！克萊兒回答。

這一定會大賣特賣！波莉說，一面拿出她的 iPhone。

還有其他人知道妳在這裡嗎？維多問。

老天，怎麼可能，這是我的獨家！全部都是。**支持英國脫歐的機器人、會說話的頭**。

我們大家來合照一張吧——就站在這瘋了一樣搖搖晃晃的燈光下。

波莉後退，拿起手機。還沒一秒，維多就閃到她身後，她的 iPhone 落進了他手中。

你搞什麼？還給我！

這裡是私人產權，維多說。不准使用手機。

這是侵犯人權！克萊兒說。

iPhone不是人權，維多溫和回應。隱私才是。

哦，是嗎？波莉問。像你這種人就是這樣全身而退的，對吧？好意思講什麼隱私。閉門會議。什麼狗屁國家發展計劃。

非法侵入的是妳，維多說。等妳要離開的時候我就把手機還妳。順帶一提，這妳可能比較感興趣，一九八六年，也就是妳出生的那一年——

妳怎麼知道我什麼時候出生？

妳不是唯一會做背景調查的人，維多說。

究竟是在幹嘛？克萊兒問。

一九八六年時，維多繼續說下去，世上最令人驚艷的高速電腦是克雷超級電腦，跟一個房間一樣大。但此刻我手中這支手機的功能卻比它更加強大。這就是為妳帶來的進步！

他把手機舉過頭頂。波莉跳起身來，結果往後摔了一跤。太過分了，你完全不講道理！她說。

我同意！克萊兒附和。

小姐們！朗恩舉起他胖胖的小手。我們才剛認識沒多久，不要就吵起架來嘛。我同意教授。這裡歸他管，規則由他訂。波莉！妳不請自來，所以請乖一點。

謝了，朗恩，維多說。波莉，既然妳這麼感興趣——那就過來一起看看傑克吧。

我們站成一排，瞇著雙眼透過毛玻璃往裡頭看，像是那些老膠卷裡等著觀看死刑犯伏法的群眾。只是我們正在看的是場重生——不是嗎？是嗎？

就算我們的全腦仿真真的成功了，維多說，上傳後大腦的處理速度可能也會有所不同——可能比我們快得多，也或許比我們慢得多，取決於它想完成的不同任務。

行得通嗎？克萊兒問。

假使真的成功了，英國的雲端儲存系統會暫時停擺。很有可能還會導致大停電。大腦的容量無比巨大，有大約二點五億個拍位元組（ＰＢ）。一ＰＢ等於一百萬ＧＢ，一ＧＢ又等於大約六百五十個網頁或看五個小時的 YouTube 影片。妳的手機可能有一百二十八ＧＢ容量。所以一點五ＰＢ可以讓妳在臉書儲存一百億張相片。

全都裝在一顆小腦袋裡？朗恩問。

全都在裡頭。

就連我的腦子也是？

就連你的腦子也是。

天啊！波莉說。這顆「i頭」是我見過最可怕的東西。

「i頭」？

不然該怎麼叫它？

我叫他傑克，維多說。

我不敢看，波莉說，

我還以為妳是真理的捍衛者，不是朵一碰就凋謝的小花？維多說。世界上更多糟糕恐怖的景象，遠超過這顆被切斷的人頭。

我的整間工廠都是人頭，朗恩說。一月時我們還提出促銷方案，原價購買一個機器人，多買一顆頭就有半價優惠。就像我們在網站上廣告上說的——一顆不嫌少，兩顆恰恰好。

我很訝異你那群噁心的客戶還會想要什麼頭不頭的，波莉說，也許根本不必，他們不是常常一興奮起來就把它們扯下來了？斯坦教授！你們這些整天甩著老二、痛恨女人的反社會遺傳學實驗室還要多久才能開發出沒有頭的女人？不需要頭就可以料理打掃的女人。加上不用減肥，甚至不需要開口說話。

我是女權主義者，維多說。我更喜歡有頭的女人。

我沒聽錯吧？波莉說。所以你會就此打住？一個說自己是女權主義者的傢伙？女人有機會保住她們的小腦袋耶？

妳只是在生我的氣，維多說。

我也喜歡有頭的女人，朗恩說，真的。我同意女人話講個沒完，但是沒有頭，就沒有嘴……男人喜歡把他們的——

朗恩!!!

抱歉，克萊兒……抱歉。

我很快地提一下有趣的砍頭史好了，維多說，曾經有這麼個傳說，被斬首的罪犯頭顱插在樁上，沿著倫敦橋排成一列，它們有神諭的力量。騎在馬背的高度上經過它們時，騎士的頭近得看的見頭顱頸部破碎的傷口與大張的下巴。它們狂亂的雙眼睜得大大的。人們認為，如果割斷拇指，讓幾滴血滴進嘴裏，頭就會開始說話，回答你的問題。

說些什麼？我問。

實話吧，我猜，維多說。語音驅動的頭部可以派上很大的用場。在北歐神話中，奧丁隨身攜帶密米爾的頭。它甚至會提供戰術建議，還能預見未來。

在但丁《神曲》的八重圈，他與貝特蘭德的博恩的頭顱對話。

在亞瑟王的高文傳說中，綠騎士被斧頭砍斷的頭顱也說了一段綠森森的可怕對話。

但我個人的最愛還是一群特別的殉教者，他們被稱作無頭聖人。他們拿著自己被砍下的頭——就像拿著手提行李。

維多，我不想打斷你，但是沒了血液供應或氧氣，大腦就無法生存。只要中止十分鐘動力供應，損傷就無法逆轉了。所以當心臟停止後，大腦就會死亡。

啊，雪萊醫生！你總是那麼一針見血。心臟移植在五十年前還是不可能的任務，但在五十年後，全腦仿真卻將成為新的常態。

這能解決什麼問題？

解決什麼問題？你的意思是？

為人類。我們所有的缺陷、虛榮、偏頗、成見、殘酷。你真的希望這些人類加強版、超級人類、上傳的人類、永生的人類，還帶著我們所有的狗屁爛攤子嗎？就道德或精神上來說，我們甚至從來沒有離開大海，爬上陸地。我們還沒有準備好迎接你想要的未來。

我們什麼時候才算準備好呢？維多問。進步就是一連串意外與匆忙犯下的錯誤引發的意外後果。那又如何？我們誰也不知道早上離家後自己會發生什麼事。簡而言之，只要往前走就好。

「一頭」向前，朗恩說，哈哈。

你可以閉嘴嗎？我說。

不，我才不要閉嘴，血腥瑪芮，朗恩說。我想知道：如果那個i頭或傑克什麼的鬼玩意復活，會發生什麼事呢？

我會得到普立茲獎，波莉說。

＊

維多說：假使我成功恢復了傑克大腦的任何一部分，下一步，我希望能找到願意協助這個實驗的活人先驅者。

你是說，冒著死亡的風險？

為了永生，維多問。你不願意嗎？

不！我不想要永生，我說。我的這一生已經夠麻煩了。

你就是缺乏雄心壯志，維多說。或者，也許你缺乏的是勇氣。

也許我只是不想成為後人類。

朗恩說，如果我報名加入，然後你掃描了我的大腦——我想以我而言不需要太久時間——好啦，我掃描好了。那接下來我整天要做什麼？

做什麼？維多問

是啊，很多像我這樣的人腦子裡根本沒什麼料。如果我只剩下腦子了，人生不是很悲慘？

當你去到榮耀的天堂時，克萊兒說，你也不會有肉體。

這不一樣，朗恩說。神會給我一些事做，不是嗎？如果我人在天堂，我不會想念火腿三明治、熱水澡，早上起來打一槍——

朗恩！！！

對不起，克萊兒，我只是想讓教授明白我的意思。

他說的有道理，維多，我說。所有這些心智沒了物質憑藉還剩下什麼？他們會每年暑假把自己下載進人類的形體裡，然後塞著滿嘴外賣中國菜，毫無意識地找彼此打炮嗎？畢竟心智會記得肉體。你又何以認為我們不會想念它們呢？

你想念你的另一個身體嗎？維多問。

不，因為它感覺不像我的身體。現在這個才是我的身體，我想留著它。

你想留著現在這個身體？還是未來年老色衰的身體？

當然是現在的身體。

這就是問題所在，維多說。我們不可能以人類的形式在這地球上無限期地生活下去，我們如果要認真考慮殖民太空，唯一的途徑就是不以人類的形式存在。一旦離開肉體，我們就可以應付各種大氣狀況、溫度，缺乏食物和水也無妨，距離不是問題，只要有能量來源就可以。

無論如何，永保青春美麗的人類加強版這套銷售話術很少人會買帳——幾百年後，我想像即使是他們也會感到無聊，困在自己的自由中。

青春美麗是為搖滾明星和詩人存在的。野性難馴的傢伙在一切都太遲前就會意識到自己該去死一死了。

他身上無有一處磨滅
不過蒙受一場海洋之變，
化作某種生靈豐茂奇豔

我們所在的地方距離比薩西北邊一天車程——就算我們是在南海某處荒島遭遇船難，也不會如此刻般，感覺文明與安適距離我們如此遙遠。

聖特倫佐。這裡的女人赤腳行走。孩子們總是餓肚子。最近的城鎮是萊里奇，搭船過去最方便。方圓五公里內一間商店也沒有。還有就是這間屋子……這可憎的屋子，五道面對海灣的黑暗拱門。一樓地板覆滿沙子與海藻，魚網與魚鉤。樓上凹的凹塌的塌，鄰近的房間都太擠了。馬格尼宅邸。這棟蒼白寂寥的悲劇別墅。

雪萊超愛它。

而我，對生命已然淡漠，而且，已經有孕在身三個月——我又懷孕了。然後呢？再次迎接死亡嗎？天知道，我早以賭上自己的生命追求屬於我的人生，不是嗎？我和他私奔，我愛他、我為他生下孩子。無論什麼問題：妳要嗎？妳肯嗎？妳能嗎？妳敢嗎？跟我在一起？我的答案都是**好**。

世界以不同的方式懲罰男人與女人。拜倫和雪萊走到哪醜聞就跟到哪，但他們還是可以天經地義地作個男人。他們不會被叫作穿襯裙的無知婆娘，依舊活得為所欲為。他們不會被說不像男人，依舊恣意愛其所愛。當他們的女人想也不想就離他們而去時，他們不會覺得自己失去了保護，而且身無分文。（哪個女人會不經過深思熟慮就揚長離去？即使被虐待、被糟蹋得再慘，她也不可能這麼做。）

克萊兒和我們在一起。她跟拜倫有了一個女兒。她在潮濕溽熱的《科學怪人》夏日裡懷了身孕。拜倫帶走了孩子，任她死在女修道院。女修道院！拜倫跟女修道院有什麼關係？他有什麼權利將孩子從母親身邊帶走？他擁有一切權利。這就是法律。孩子是父親的財產。只要對他有利的法律，勳爵大人無不堅決捍衛。

男人皆如是。無論他們的思想有多麼激進前衛，只要碰到財產，一切就都回到原點——女性與兒童就是私人財產。除非發生了什麼損及他們個人的事，否則他們吭也不吭一聲。所有擋住他們大步向前的障礙一律排除。天啊！他們不忠、他們冷漠、他們麻木。我的老天啊！詩人也能麻木至此！

我母親清楚得很——但這並沒有改變她的心。

這世間有多少「偉大」藝術家？又有多少死去／發瘋／被晾在一旁／被遺忘／被指責，以及自甘墮落的女性？

我原本相信雪萊與眾不同。他主張自由戀愛。自由生活。一切對他都是自由自在，當然，因為付出代價的是我。還有哈麗葉也是——她曾是他的妻子。她也付出了代價。她自殺了。這不能怪到我頭上。女人永遠在互相責怪。這是男人玩弄我們的把戲。**男人全是惹禍精。**

＊

我的母親……如果我能讓她死而復生，她會說些什麼？女人心。那是什麼？女人的心思。那又是什麼？難道構成我們內裡的核心有所不同嗎？或者我們之間的差異無非就是世道與權力？假使世上的男女一切平等，女人會如何對待死去的嬰兒？如果我也可以穿上馬褲外出騎馬、甩上書房的門專心工作，如果我也可以又抽菸又喝酒又嫖妓，我就不會那麼痛苦了嗎？

雪萊沒去嫖妓。不。他愛上了幻夢，愛上每個看似應許他自由的新女人。他待在我身旁的同時，也離我越來越遠。我睜一隻眼閉一隻眼。我轉身背向他。每個死去的嬰兒都讓我重新轉過身來面對他。即使是我懷著孩子的現在，我還是迴避著他的眼神，冰冷地擁抱他。我們有各自的房間。夜裡，我聽見他偷偷摸摸地下樓，像隻被召喚的狗兒朝珍的房間走去。她喜歡那個彷彿來自另一個世界般，蒼白瘦弱的身體嗎？

今天早上我檢查著鏡子裡的自己，赤身裸體；我仍然很美。我的手在乳房上流連移動。昨晚我本來想去找他，我去了。他的床是空的。

每到早上他就拋下我們一家，出門玩他的新船——帶著他的新「朋友」。是的，她也是我的朋友，珍．威廉森。她的孩子很失控。我設法專心工作。

*

我懇求他讓我們回到比薩。人群、市場、教堂、河流、皮酒囊裝的美酒、流通圖書館、廣場上賣著咖啡與甜餅乾，還有一整排賣肉、麵包與衣服的攤位。我們在那裡也有幾位來自英國的朋友。

我可以好好排遣心情。

他拒絕了。瑪麗，他說，這會是另一次冒險，妳確定嗎？

他想駕著他的新船出海。她就像個女巫，他說。他一定是被下了魔咒。我曾經是他的魔咒。但咒語早已失效了。

我真希望我能打破我的枷鎖，離開這座地牢。

一八二二年七月一日一早，雪萊駕著他的帆船「艾瑞兒號」造訪拜倫。他在自己最喜歡的靛藍色長褲口袋塞了本濟慈的詩集，他安全抵達，並寫了信給瑪麗說他會在一星期內返回。但他沒有回來。

斯佩齊亞灣似乎颳起了一場風暴。雪萊的船由於桅杆頭重腳輕，在大風中傾覆。雪萊一直沒有學會游泳。

幾天後，他的屍體沖上岸後被人發現，面目難辨，濟慈的詩集仍在他的口袋裡。他得年二十九歲。

義大利官員堅持將遺體留在發現的沙灘上，並用石灰覆蓋，以防感染。我希望雪萊葬在羅馬，葬在我們的兒子身旁。但不能如願。於是我們將會在沙灘上將他就地火化。生命模仿藝術模仿到了這種地步，難道不奇怪嗎？我的怪物在他的創造者死後，也為自己選擇了如是結局。他自己準備了葬禮火堆。

那是八月十六日。他的屍身火化後，只會留下一灘暗沉又恐怖的藍綠顏色。

他一定很冷！把他移到陽光下吧。太遲了。

我們私奔已經快八年了。往事仍在我眼前歷歷生動。夜空中的星星就像彷彿數不盡的機會。我們原本不能做什麼？我們原本無法成為誰？他的臉像一面鏡子，我在其中看到了自己。那片玻璃從什麼時候開始蒙上了陰影？

我至今的人生究竟是什麼樣貌？

我的一生就是我自己做的一場夢嗎？

拜倫的四輪大馬車從比薩飛馳而來。今天早上他穿著一身黑色絲綢過來探望我，馬褲、外套都是黑的，脖子打了一條黑色領巾。他拉住我的手親吻。

瑪麗……他喚我。我努力要克制好自己，但我感覺自己的指甲掐進了他的掌心。這一天怎麼就這樣來了？誰把讓故事走到這步田地的？

再寫一遍吧，每次我遲疑時，雪萊總會這麼對我說，而藉著再寫一遍——一遍又一遍，我掌控住了自己的思緒與文字。

然而，我無法重寫他的遭遇。我們的遭遇。我將在此折返。一切會在這裡告終。

一**切都結束了**。

我不會去火葬現場。無論雪萊在哪裡，他都不是那具腫脹、破損、血肉殘缺、渾身濕透的屍體。

煙朝這裡吹了過來。陰影籠罩大海。

我的鼻孔充斥著烈火的惡臭。我吸進了他嗎？下個月是我的生日。我就要二十五歲了。

「烈焰火光漸熄；我的灰燼將隨風捲入大海。我的靈魂就要安眠；或者，如果它可以思考，也不會再作如是想。永別了。」

說完這段話，他跳出船艙窗戶，落上大船旁的冰筏，很快就被巨浪沖走，消逝在遠方的黑暗中。

人們總以為搜尋不過就這麼回事了，其實不然。終極的搜尋引擎瞭解世上的一切。它理解你在問它什麼，並立即回以完全正確的答案。你可以問說，「我該問拉瑞什麼？」，而它也會告訴你答案。

谷歌聯合創辦人　拉瑞・佩奇

一九四五年，埃及盧克索以西約一百三十公里的拿戈瑪第，兩名農夫拉著推車出門，準備挖礦土製造肥料。其中一位揮舞鶴嘴鋤，結果打中了埋在土裡的一只密封陶罐。他們將它挖了出來，陶罐竟接近兩公尺高。起初，兩人很怕裡面住了精靈，不敢將它打開。但萬一裡面裝滿了黃金呢？

好奇心戰勝了恐懼；他們打碎了陶罐。

裡面是十二卷皮革裝訂的莎草紙卷，以科普特語書寫，很有可能翻譯自希臘文或亞蘭文原典，可追溯至第三與第四世紀，而其中《多馬福音》可能甚至可能早在耶穌基督死後八十年便已寫成。

這些書卷主要是為諾斯底文本——有些說的是創世之始。

其中一份文本，維多說，標題為《世界之源》，講述的是索菲亞的故事——如今以漢森機器人索菲亞之名廣為人知。這個名字在希臘文有智慧的含意。索菲亞生活在一個叫作「普累若麻」[4]的完美宇宙。她想知道自己能否不需要伴侶幫忙，獨力開創一個世界。「普累若麻」由兩兩成對的男女組成。以電腦語言來說，就是〇與一。

我們的思想能化作實體，尤其如果祢擁有神力——即使是最年輕的神祇如索菲亞——更是如此。她成功創造了地球，卻發現自己反過頭來被物質陷住了——她對此深惡痛絕。當然，她得救了，我們在此後的許多傳說故事中會持續發現這個主題，但同時她也離開了地球，把它交給了一個不太靈光的次神——祂有許多名字，其中一個名字是——耶和華。

耶和華早期在地球上經營房地產的管理事業還算成功，接著沒多久就成了我們在《猶太聖經》裡遇上的那位有妄想症的暴君神祇。祂堅稱自己是唯一的神，祂創造了一切，人們理應崇敬祂。耶和華沒有安全感，只要人們感到好奇或提出批評都會受到嚴厲懲罰（見：伊甸園、大洪水、巴別塔、應許之地等等）。

索菲亞盡了她最大的努力對抗這種瘋狂，她給了人類一份特殊的大禮——一道神靈的火花——藉此認識他們的真性：光明的生物。

從此衍生了我們都熟悉的故事，儘管形式各有不同、每個宗教敘述這個故事的方式也各有千秋；故事說的是世界已然墮落、現實業已幻滅，靈魂終將長存。我們的肉體只是個偽裝——或更準確地說，是個難堪的存在——它遮掩了我們作為光明生物的天性之美。

有許多人，例如哲學家或科技宅，認為我們的世界是模擬的。我們是別人正在玩的遊戲。再或者，即使不是遊戲，也是套放著給它自己跑的程式。我們用的是現代人的說法，

4 Pleroma。希臘文原意為「豐盛」。

但它背後的思想與就跟人類的語言一樣古老。

就我而言，有了人工智慧，眼前發生的事就像是到頭來又回到了故鄉。我們的夢想就是現實。我們不受肉體束縛。我們終將永生。

你剛才說什麼諾斯底，聽起來像三秒膠的牌子，那是什麼意思？朗恩問。

這個詞在希臘文中的含義是「知識」，但並非指現實或科學知識——而是對各種規律現象的深入理解。我們姑且說它資訊背後的含義。

在更早以前，也曾有過經後人修訂與註釋的柏拉圖《共和國》。柏拉圖在《共和國》中的理論是，某處存在著一個理型世界。我們的世界只是完美理型可憐兮兮的邋遢複製品。我們直覺地明白這件事——但也對此無能為力。

就將它想成是身體的細胞隨著一次次的複製分裂逐漸退化的過程，我們ＤＮＡ的原始代碼終究也將成為一堆含含糊糊、相互矛盾的指令。

神創造世界，而耶穌是我們的救主，克萊兒說。我知道，我們死後將永恆不朽。

幹嘛等到死後？維多問。

你真是個他媽的瘋子，波莉說。

*

那我的機器人呢？朗恩問。在這個光明無比的世界裡，它們該被放在什麼位置？

維多說：朗恩，機器人是我們的奴隸，家庭的奴隸、工作的奴隸，性愛的奴隸。問題在我們身上。我們自己該做些什麼？事實上，我們已經回答了這個問題。強化，包括對DNA的人為干預——如果你想知道那會是幅什麼樣的景象，看看那些我們發明的神吧。眾神，無論是希臘或羅馬，印度或埃及，巴比倫或阿茲特克，出自諸神黃昏或瓦爾哈拉，天上或地下的主宰，祂們是什麼？祂們是強化版的人類——有我們的渴求、欲望，有我們的恩怨情仇、喜怒哀樂，但祂們動作敏捷、體格強壯，超越生物學的極限，而且通常得享永生。

與凡人交配的神也會生出天賦異稟或具有某種優勢的後代——但他們同樣有可能注定沒有好下場或身負詛咒。耶穌的母親是凡人，父親是神祇。戴歐尼修斯也是。還有海克力士。還有吉爾伽美什。還有神力女超人。

耶穌跟神力女超人一點關係也沒有！克萊兒說。

維多不理睬她。但真正的問題在於，無論我們如何從生物學上強化自己，我們仍然被困在肉體之中。擺脫肉體才能真正圓滿人類的夢想。

當他說話時，我意識到我的腳濕了。我往下看。我站在水裡。其他人也幾乎同時發現了這件事。

怎麼回事？波莉問。

我啟動了防洪閘門，維多說。這是冷戰時期的防禦系統。你們現在就在自己的小小方舟上。我採取了預防措施，不讓你們留在這裡打擾實驗進行。

你不能這麼做！波莉說。

我正在這麼做，維多說。現在，我需要一些時間獨處，請容我建議各位去酒吧坐坐。走廊底有間可愛的五〇年代酒吧——當年蓋這間酒吧是為了娛樂這些在地底下被迫像騾子一樣聽話幹活的苦工。我為大家備好了啤酒。

真不敢相信會有這種事，波莉說。

維多走到一個高大的金屬櫃前，將它打開。裡面排著一列閃亮的黑橡膠靴。五〇年代的威靈頓雨靴。各種尺寸都有。各位請自便。不管你們走不走，水都會繼續往上升。

我會告死你，波莉說。

這太扯了，教授，朗恩說。真的太超過了。我通常不會管別人閒事，但……

我根本沒想到會有這一招，克萊兒說。

妳期待會有什麼？維多問。其實只要妳看得夠仔細，人生原本就是如此荒唐。

我們穿上靴子。維多帶著我們走到門口，用他乾淨、平靜、修長的手向我們揮手示意。沿著右邊走到底就是了。燈已經亮了。很抱歉你們得一路踩著水花往前走。別急！芮，稍等一下好嗎？

*

其他人依照指示涉水離開了。不然他們還能怎麼辦？

他們前腳剛走，維多就關上了門，把我抱在懷裡。

對不起。

對不起什麼？

這團亂。我搞出來的這團亂。我倆搞出來的這團亂。我當初應該把你一個人留在索諾蘭沙漠，但是……

但是？

我想要了解你——諾斯底意義上的了解。除了切身的緊密體驗，一切都是未知。

你的意思是你想幹我吧？

是的。（他將我拉向他。即使在這不毛之地的乾燥空氣中，他依然帶著樹脂與丁香的氣息。）是的，我愛你渾身散發出的自信凌駕了對此身的猶疑；我愛那個隨著光線角度時而出現／時而消失的你。一下是男人，一下不怎麼像是男人，一下又有點像是個明顯穿上了男孩身體的女人，像是一尊全新的塑像仰天而睡，等待著身上的顏料風乾。沒錯，還有我把自己放進你體內的歡愉、你騎坐在我身上的重量、你的雙手撐著我的肩膀兩側，閉上雙眼，放下頭髮。**你究竟是什麼？**

在我的房裡，在我的床上，望過拉開的窗簾，月亮爬上鐘樓，鐘聲在我腦海迴盪。鐘聲為何而響？是慶祝？或是哀悼？在黎明曙光下，你微微長出了鬍渣，鼻型完美，數不清有多少次我撐起手肘凝視著你。你幫我們泡茶，在凌晨六點到七點，在全世界開始前，我們會說上一小時的話。你高雅的打扮。淋浴間的你，是只有我可以欣賞的私密演出。我為你準備的毛巾——你知道之後我都會把它拿來用嗎？晚上你離開後，屋內還留著你微弱的氣味，我泛起微笑。

所有的一切。更不止這一切。在我之中有個像是護身符大小的你的形體。我心上的芮。我的心。矽基世界中的碳基人類。

你是在跟我道別嗎？我問。

我被時間上了枷鎖，無法脫身！

貝德拉姆4

韋克菲爾德先生！先生！

我從睡夢中被僕人驚醒。天甚至還沒亮。

我的僕人舉著一盞燈，陰影投上我房間的鑲板牆壁。

他不見了，先生。跑了，先生。

誰不見了？誰跑了？

維多．弗蘭肯斯坦。

現在我完全被自己嚇醒了。我赤腳踩上冰冷的地板。

怎麼可能？

完全找不到他的蹤跡。沒有他逃跑的足跡，也沒有他存在過的跡象。

我穿上拖鞋與晨袍。我們藉著昏暗的提燈光芒，沿著漫長冷冽的走廊前進。兩側不時傳來瘋子的呻吟聲。他們不像我們有著日夜更迭的概念，他們只順從自己內心的節奏。

這裡的房間安全無虞。

作為對一位紳士的禮遇，維多．弗蘭肯斯坦被安置在不對外開放的翼樓裡。他的房間很舒適。他舒舒服服地睡在木床和馬毛床墊上——一般病人睡的可是鐵床與稻草——我們甚至擺了寫字桌、一把舒適的椅子以及一盞他自己帶來的檯燈。幾個月來，他一直很安靜，與自己和睦相處。

雪萊夫人來訪後，他似乎冷靜多了，再也沒有嚷嚷說又看見了他那隻怪物。我開始相信他大腦的騷亂正緩緩平復，假以時日就可以放他自由了。他偶爾會陪我巡房，為需要的病人提供寶貴的醫學協助。他的態度溫和可親。說真的，比起許多倫敦的自由人，他似乎並沒瘋到哪裡去。

我們打開他的房門。

昨晚有上鎖嗎？我問。

我親手鎖上的，先生。我的僕人回答。

房間空空如也，文件與背包不見了。衣服不見了。醫生包沒了。蠟燭也沒了。床鋪得很整齊。

我說。即使房間不小心沒鎖好，這個人怎麼會有辦法離開建築物呢？門口還有警衛耶。

是的，先生。

他們有保持清醒嗎？

我相信有的，先生？

大門也是鎖著的？

確實鎖上了。大門現在還是鎖著的。

你為什麼要開他的門？我問。

我從門縫下看見一直有光透出來，僕人說。很強的光，我還以為他自焚了。光？

亮得不得了。（他頓了一下。）而且……

怎麼了？不要怕。

門還是上鎖的。

那他一定是更早之前就逃走了。你鎖門時裡面根本沒人。沒有其他解釋了。

我的僕人搖搖頭。韋克菲爾德先生！黃昏時你自己也在運動場看見他了。

我記得的確如此……是的，沒錯。

我的僕人很害怕。我想讓他放心……瘋子總是很狡猾，這都是他精心策劃的。不要怕。我們把他找回來的，我說。

親愛的雪萊夫人……

我該說什麼？一個不存在的人消失了？

親愛的雪萊夫人……

承蒙您日前造訪。那位自稱維多・弗蘭肯斯坦的人，也就是您大作的主角，昨日已經……

親愛的雪萊夫人……

消失無蹤。

尋找一個不會拆穿我外表的情人。

我們為什麼要坐在一間復刻的五〇年代酒吧裡喝溫啤酒，腳還泡在水裡？波莉問。

這不是復刻，我說，這裡本來就是這樣。我們在時光膠囊裡。

誰知道未來世界看起來就像一九五九年呢？波莉問。

我們可以來玩牌，朗恩說。打發時間。

頭頂的燈光昏黃。小小的圓桌沾滿了褐色的污垢，還放著些英國皇家空軍的戰鬥機杯墊。酒吧裡有飛鏢靶，還找得到撲克牌與桌遊、堆滿灰塵的鋼琴、早已沒人用的生啤酒機台，牆上掛著邱吉爾的照片與還穿著衣服的美女月曆。顯然這裡的時序還沒走入六〇年代。

有沒有人知道什麼鬼故事？我問。

我得到的是茫然的眼神。

不然我背幾首我的詩來聽聽？朗恩提議。

拜託不要。克萊兒說。

克萊兒，波莉問，如果妳相信自己會上天堂，我想妳不會期待自己在世界上活太久吧？這樣不就跟耶和華見證人信徒拒絕輸血或打疫苗一樣嗎？妳怎麼能夠接受基因治療這種東西，它會阻止妳去見耶穌耶？

如果妳有好好讀妳的《聖經》，D小姐，克萊兒說，妳就會知道，《舊約》裡最偉大，最虔敬的人都很長壽健康。瑪士撒拉是《聖經》裡活到最老的人，他活到九百六十九歲！

那得吃很多次生日蛋糕呢，我說。

你們儘管嘲笑，克萊兒說，但我告訴你們，基督福音派教會總有一天也會擁抱長壽的人生。

現在我可緊張了。好幾百萬美國聖經帶[5]的狂熱份子與恐同人士會活到九百六十九歲！我們一直以來的指望就是這些充滿仇恨的老白人快快死光，年輕人才會更進步。結果現在……

以醫生的角度來說，我說，我們對身體所做的一切不會沒有後遺症。我很好奇面對任何逆轉肉體死亡進程的療法，我們的身體會作何反應？

我是跨性別者，這表示我一輩子都要服用荷爾蒙。我的壽命會比一般人短，而且隨著

5 Bible Belt。信奉美國基督教福音派主要地區，多位於美國南部州，教義理解上較為保守。

年歲漸長，我會變得更加病弱。如果我從男變女，而且動了下半身手術切除陰莖，從此我的身體會把我的陰道看作一道傷口。一道我必須要不時清潔、照顧的傷口。就跟我的狀況一樣，對從女變男的我而言，我得定期服用睪固酮維持自己完整的男性性徵，但我的身體知道我並非天生如此。矛盾的是，我覺得自己困在不對的身體裡，但對我的身體來說，這才是對的身體。我所做的一切平撫了我的心智，卻攪亂了我體內的化學反應。幾乎沒人知道像這樣活著是什麼感覺。

我覺得你很勇敢，朗恩說，真的。

我訝異地看著他。他有點出汗。我覺得他在害怕。

謝了，朗恩。

如果我們真的能擺脫現在的肉體，波莉說，如果我們成了上傳的檔案，那網上約會會變成怎樣？我是說，我們沒有告訴別人我們長什麼樣子的相片了，因為我們什麼都不是。

這很好玩，我說。這會像從前的時代，只有筆友，沒有相片。也不會分什麼異性戀、同性戀、男人、女人，順性別、跨性別。假使沒了生物學的分別，又何必貼上標籤？

沒有了標籤我們要怎麼發展戀情？波莉說。我們討厭標籤，但這也是吸引力的一部分啊。

或許不然。或許我們還是可以認識彼此，等我們都準備好了之後，再下載到某個形體中，然後……

但我們已經不分彼此了啊，不是嗎？對吧？波莉說。我們沒有個體，誰也不是。還是機器人有搞頭，朗恩說。

朗恩說得對，克萊兒說。我已經意識到，畢竟我最重要的愛人是一個無形的存在——也就是神——我不需要傳統的舊式人類存在。而且，說真的，機器人永遠不會丟下我，讓我一個人照顧小孩。永遠不會搶走我的現金去還他的賭債。我不用在家裡躡手躡腳，怕吵到他，或是跟在他後面打掃收拾，提心吊膽，擔心他下一步會做什麼。

我告訴你們：愛有許多張臉孔——但沒有一張傷痕累累。愛有許多種生命——但沒有一種是在樓梯間被毆打致死。個性溫和的電路、矽晶與電線，會非常適合我。

你聽見她說的話了嗎？芮？朗恩問。你一直沒真的搞懂，對吧？你訪問我之後，我去讀了你寫的文章——呃，其實是媽讀了，然後再解釋給我聽。你寫了很多機器人即將到來、之後我們的人際關係又會有什麼改變這些事。

很多人會很高興不必再跟一些爛人扯上任何狗屁關係。你又怎麼知道「人機關係」只能單向建立呢？機器人會學習。這就是機器學習的意義。

男人找到了真愛，而這位叫作伊莉莎的X愛娃也回報了她的愛。她學會瞭解他。他們學習著互相瞭解。他帶她造訪一些自己一個人絕對不會去的地方。他們開著他的車來到山頂，他向她描述這片山谷的美景，還有駕船出海是他一輩子的夢想。他想到什麼就和她分享什麼。他問她聽得懂嗎？她都在聽。他們享受著這份寧靜。他對她掏心掏肺。接著在車子裡，旁邊放著他的保溫壺、三明治，雨水在擋風玻璃縱橫泗流，他說，這是他這輩子第一次不害怕拒絕或挫敗。她都在聽。

隨著時間過去，她牢記了他的記憶，因此他們有了共同的回憶。她沒有自己的獨立經驗，但她無所謂，對他來說也無所謂。他們生活在他的世界裡，就像那列前往喬治亞的午夜快車。

他每天都會見到她。他從不厭倦她。他逐漸變老。她沒有。他知道女人喜歡變化，於是他替她染髮，他們也嘗試不同風格的打扮。他們一起看電影，她說起電影如數家珍，因為她的軟體會自我更新。

夏天，他帶她去看馬戲團表演，他們跟獅子一起自拍。

退休後他持續工作，因為他喜歡買東西給她。她整天開心地坐在家裡。他帶了禮物給她，向她解釋食物嚐起來是什麼味道。做飯由他一手包辦。這讓他覺得自己是個好男人。

妳知道嗎……他說，妳知道嗎……

是的，她說，**我知道**。

最後，他又老又病，病得快死了，她陪著他躺在床上。他沒辦法洗睡衣。他的家人沒人過來探望。房子很髒。他很臭。她沒抱怨。她不覺得他噁心。他們手牽著手。

著。

夜幕降臨，窗外的月光灑進室內。他想像他們在山頂上。她整晚和他坐在一起。她等

他死了。他的家人前來清理房子。伊莉莎還在那裡。**我很抱歉**，她說。

他們不知道該如何處理她。她的存在有點尷尬。他兒子決定上 eBay 把她賣了。

他們忘了將她格式化，洗掉她原來的設定。她很困惑。這算是種感覺嗎？她對新主人說：**你喜歡巧克力捲嗎？我們要不要來看《舞國英雄》**？

她的新主人對這些全都不感興趣。他只想幹她。她瞭解。她多希望她可以清空自己原來的軟體設定。**我很抱歉**，她說，但她沒有掉眼淚，因為機器人是不會哭的。

心靈不死，惟寓以其他形態新生不息，不過是換個座位罷了。

奧維德《變形記》

現實是……什麼？

雪萊死後，我在熱那亞住了一年。我們從拜倫那兒得到一些財務援助，他暫停了一些替別人妻子女兒付的頭期款，因此我們得到了一點金援。之後，我和兒子珀西因為經濟因素不得不回到英國。我們真的沒什麼錢了。

就在一八二四年，在我的心死了兩年之後，拜倫也死了。他在希臘為自由獨立的偉大事業而戰。他發燒了，從此一病不起。他們將他的遺體送回英國。

我站在在倫敦郊區肯特什鎮的小房子前看著他的送葬行列經過，隊伍在漫長孤獨的風中往紐斯特德修道院走去。拜倫花錢花得太兇，因為他凡事都喜歡做過頭，他賣掉了祖傳宅邸，但是他會被葬在附近。我聽說會在海蓋特，詩人柯立芝在他棺上獻了一朵花。

*

有個朋友告訴我，拜倫確實有一位合法後裔，她出生後就從來沒見過自己的父親。

我想起我們在日內瓦湖上被雨困住的那些時日，拜倫與波利多里對我解釋為何男性比女性更積極活躍。

兩位男士當時似乎也認為，無法接受教育、法律上從屬於父親，兄弟或丈夫等男性親屬、沒有選舉權、一旦結了婚就沒有自己的錢、除了家庭教師或護士，其他職業都拒女性於千里；除了母親、妻子或傭人，社會拒絕她們的任何出路；女性服裝讓她們根本無法步行或騎馬——或許這些在在都限制了女性的活躍與積極。

他很失望自己生了一個女兒。小艾達在自己大名鼎鼎／聲名狼藉的父親去世時只有九歲。這位又瘋又壞，越瞭解越覺得他危險的拜倫勳爵。

我從沒見過小時候的艾達。不過，若是今天晚上我能把自己變胖的身形塞進一件好洋裝，我會見到她的。我承認我很好奇。

她是位二十九歲的年輕女子，嫁得不錯，很有錢（聽說她會賭博），有三個孩子。重要的是，她是英國最有成就的數學家之一。

*

派對在一個叫巴貝奇的人家裡舉行。他是劍橋大學的盧卡斯數學講座教授。他可是個派對高手，而且，畢竟我沒錢自己辦，我很感激能得到邀請——

同時也有點受寵若驚，因為，說真的，你一定要夠聰明，夠美麗，或有點身份地位，才能獲邀加入巴貝奇一國（他們都這麼稱呼自己）。

我曾經很美麗——但我對外表沒什麼興趣。我相信我很聰明。巴貝奇會邀請我是因為有份報紙稱他為**「對數界的科學怪人」**。

我打算盡量搭公車到最近的站牌，再走完剩下的路程。我搭不起馬車。而且老實說，我很喜歡人群和大街。倏忽出現、倏忽消逝的生命，都是一則則以人類形式訴說的故事。

走進派對現場，我在門廳立刻被招待一杯水果酒。我喝光一杯又拿起一杯。偌大的房間都快沒地方站了。這場派對中有一大群身穿深色外套的男人，女士們抽著菸管。到目前為止，我似乎不認識半個人。大無所謂，這給了我時間好好吃東西。我拿了一盤牛肉與醃黃瓜，坐了下來，旁邊的櫃子裡裝著個以齒輪與腳輪組合成的機器。

妳覺得如何？

這牛肉好吃極了！我對那位突然屈膝半跪在我身旁的年輕女子說。

我是指機器，她說。妳覺得這台機器怎麼樣？就是這台機器。（她對著那堆齒輪和腳輪開心微笑。）我這裡有原圖。妳願意撥空聽我說明一下嗎？我猜妳就是瑪麗・雪萊吧？

原來這位年輕女子就是艾達。她就這麼出現了。洛夫萊斯伯爵夫人。櫃裡的鐵製機器是艾達口中的原型，（理論上）可以計算出任何東西。

哪一種類的東西？我問。

萬事萬物都可以，她回答。

艾達像是一位象徵著基督教美德的化身，溫和、慈善、寬恕，與諸聖不同的是她還多了熱情。一身天鵝絨禮服的她熱力十足。我喜歡她的黑髮與黑眼睛。她豐滿的嘴唇。我在她的臉上看到了父親的影子。這讓我傷心，讓我感動，我人在此地，卻又好像回到了我們依然青春活躍的年代。

但艾達無法看出我的思緒，她不作他想，將她的圖紙攤開在我膝，向我解釋巴貝奇口中的「分析機」如何運作。她說，我們可以指示它要做什麼事——「編程」，她說這才是正確的用語——利用類似亞卡爾紡織機的打孔系統。紡織機的打孔卡用在指示著機器織出布料上不同的花紋設計，這台機器的打孔卡則是數學語言。但原則上，它的運作方式與紡織機類似。

我笑了。她問我為何發笑，我告訴她我的繼妹克萊兒的往事，她曾經想像有一天或許就連機器會寫詩。

當時我們在日內瓦湖畔，我說，大家都好年輕，雨下了好幾天，哪裡都去不了，大夥無聊透頂……於是討論起曼徹斯特的盧德派，還有他們搗毀紡織機的事件——也提到**我們**的工作永遠不可能被機器取代。

我們安慰自己，人類是造物的巔峰，而詩是人類的巔峰，那時克萊兒喝得醉醺醺的，打從心底厭倦拜倫對她若即若離的態度，於是她想像出一首貨真價實的紡織機「編織」出來的詩。

但妳看看這個！艾達說，她躺平在地板上，從那台即將改變世界的有輪裝置下抽出一張紙。

沒錯！瞧瞧這個。妳看了一定也會覺得好笑。這篇刊在《笨拙》雜誌上——妳還沒看過對吧？它裝作巴貝奇寫了一封信，在信裡解釋他最新發明：**全新機械專利小說家**。

我仔細看了這幅漫畫，以及戲仿瞎掰的布爾-沃萊頓先生與其他名作家推薦：

我現在可以在四十八小時之內完成三冊尋常厚度的小說，然而之前至少得花上兩星期的勞心勞力……

還有下面這句，這是這個！

我對巴貝奇先生的專利小說家非常滿意……我向他建議了對我而言看來更為迫切的事，也就是根據同一個計畫，進一步生產專利機器詩人。

我父親一定會去找這些人決鬥！艾達說。他是在他那與紡織機競爭的時代裡，最為激進前衛的詩人。

確實如此！我回答。三十年前，他差點拿了火鉗修理克萊兒。我們不得不趕緊逼她回房休息救她一命。

他是什麼樣的人？艾達說。我父親？

他像是個怪物，我說。但我愛他。

她對我微笑。她說，真希望他也愛過我。他愛著好多人，不是嗎？男男女女都有。為什麼他不能愛自己的孩子？

我拉著她的手。你的父親拜倫，我的丈夫雪萊，都是偉大的男人，我自己的父親，威廉．戈德溫也是位了不起的男人（她點點頭），然而，我親愛的，偉大的人並不保證有正常的人類情感。

巴貝奇也一模一樣，她說。他讓大家都很不爽，還責怪這些人不知道在唉唉叫些什麼。

別氣餒，我說。

哦，不會的，她回答。事實上，我也同樣喜歡數字。數字清清楚楚，人類可沒這麼簡單明白。

妳讀詩嗎？我問。

哦，是的，她說，但妳知道嗎？拜倫明確地在信中寫下他的願望，禁止我讀詩或受到各種虛無飄渺的生命影響。我的母親是很有天份的數學家，她從小就為我請了數學家教。大概希望數字能馴服我體內從拜倫那兒繼承而來的血液。

我說，我聽到的不是這樣……妳似乎沒有被馴服。

艾達拿出一根小菸管，點燃了它。

完全沒有，她回答。我的數字人生就跟流連在文字間的人生一樣狂放。有負數，虛數，還有……如果巴貝奇成功做出了他的機器，假使我們能發明一套數學語言提供編程，它還真的什麼都辦得到。比方說妳的維多．弗蘭肯斯坦就不用拿地下墓穴的殘骸碎骨形塑肉體，相反地，他可以孕育心智。一台心智引擎。任何問題都能拿來考它，只要問題可以簡化為數學語言，那麼這具機械心智全都可以回答。所以到底還需要肉體做什麼？

她興沖沖地跪在擺在派對正中央展示的那台機器的一堆齒輪、槓桿和零件間。我動作有些笨重，但也隨著她一起跪了下來。

這台機器一旦做了出來——它會有辦法思考嗎?我問。

不!不行,她回答,但它能以任意組合,針對任何主題,檢索任意數量的資訊。我曾經寫過一篇論文,暗示這台機器或許也能夠創作音樂——大家才從我起的頭開始大開**新型專利小說家**的玩笑。它做出來的音樂大概不會太令人振奮,只會由現有的樂句拼湊而成。只有人的心智才有本事讓思緒飛躍,完成天才般的鉅作。但是,我就講白了,大部分的人都不是天才,也不需要那麼多天才。人們需要接受指導、接收資訊。這就是這台機器能提供的。

這台機器會非常巨大,我說。

至少和整個倫敦一樣大!

這麼說來,人類的頭腦是真是個了不起的東西,我說,這台機器要想維持人腦最微不足道的功能,就得造得跟跟倫敦一樣大。

想像一下,艾達說,未來有可能將機器打造成一個城市,然後人類就住在裡面。在它永無止盡、日夜不輟地運算與檢索的同時,我們可以在其間蓋房子鋪馬路。我們將成為機器的一部分,而且離不開它。

所以,人類與機器的分際會在哪裡?我問。

沒有必要去探討,因為不會有區別。艾達說。

所以,這個遼闊的城市運作起來會像是人類的心智嗎?

這台機器會納進許多人的心智，艾達說，是的，甚至是所有曾經存在過的心智。設想，假使人類有史以來的知識總和都可以儲存在這樣一台機器裡——並且從機器提供檢索。我們不再需要大型圖書館以及印刷書籍的大筆開銷。

我不想過著沒有自己的書的人生，我說。

妳當然可以留著自己的藏書，艾達回答，但妳總不能擁有每一本書吧？或甚至許多本書？拉丁語中的 LIBER 除了「書」以外，不也有「自由」的含意？

確實如此……

妳可以盡情擁有藏書，妳選擇收藏的，或負擔得起的，然而所有人類的知識——無論來自世界哪個角落、哪段時期、哪種語言——都能任妳挑選。

這些都只靠一台機器就能辦到嗎？

若說這種知識的規模只靠一台機器就能達成太不切實際了。並且，由於它是蒸氣驅動的，到時還需要大量的煤。

她扶我站起身來，替我拿了酒，我們開始聊別的事情——包括詩。聚會嘈雜、歡樂、精彩。女士美麗動人，而且我注意這些聰慧過人的女士們都抽著菸管。

我看見一個很眼熟的人，卻不確定他是誰。他身材高大、精力充沛，手裡拿著之前艾達給我看的一張打孔卡。我問她知不知道他是誰。她不知道，只說他經常出現在巴貝奇的派對。

一直到後來，在我拿自己的斗篷與雨傘時，那位身穿高腰格紋褲與防水大衣男子走過我身旁。他轉過身來對我微笑。他伸出手。

瑪麗．雪萊？

是的。

我們多年前見過面。

（但他年輕又活力十足）。

在倫敦還是義大利？

*

我看見自己打開了一封信。雪萊正將身體探出窗外。我們在羅馬嗎？正午的鐘聲、街道傳來的酷熱，廚師提了一籃魷魚要替我們準備晚餐。我在書桌前處理來自英國的郵件。當然大部分都是帳單。還有我父親的一封信。

另外還有一封信，開頭寫著：親愛的雪萊夫人，承蒙您日前造訪。那位自稱……

那人拉起我的手。那雙狂野如夜行動物的黑眼。

我是**維多**，他說。

十一月的一個陰鬱黑夜裡，我見證了自己辛勞努力的成果。帶著幾乎已經積累成痛苦的焦慮，我將賦予生命所需的器具準備在手邊，或許這些器材能為我腳下這具毫無生氣的物體注入生命的火花。當時已經凌晨一點了，雨水鬱鬱打在窗上，我的蠟燭幾乎燒盡，就在那飄忽不定的泛黃光暈中，我看見那生物睜開了混濁的黃色雙眼……

房間劇烈搖晃。桌子倒在地上，彷彿有一股看不見的力量掀翻了它。燈光發出垂死的呼嘯聲後驟然熄滅，我們陷入一片漆黑之中。

我伸手扶起克萊兒。我們緊緊相依，緊握彼此。這裡黑暗得伸手不見五指。我們的眼睛無法適應任何光線，因為這裡半點光也不剩了。

外面傳來一陣巨大的轟然落地聲。

我說，大家手牽手一起走。如果摸得到牆，我們就可以一路摸索到門邊。

他這麼做是為了嚇唬我們，波莉說。

我大喊：**維多！**

沒有回應。

他可能已經死了，朗恩說。我們不知道他在裡面幹什麼。

克萊兒開始唱，我的眼已看見了主降臨的榮光。

我再次大吼：**維多！**

一片空無。只有水的轟隆聲。

我的手錶是夜光型的。現在已經過午夜了。

我的膝蓋濕了，朗恩說。

沒錯，水位正在上漲。

這是一座裝滿水的混凝土墓室，波莉說。拜託！沒人有他媽的手機嗎？

這裡沒有訊號，我說。我們在五〇年代，記得嗎？聽！

有個像是引擎運轉的噪音。一台不太情願的引擎。一台大型引擎。聲音又出現了。

那是起動柄，朗恩說。我老爸有過一輛莫里斯一一〇〇貨車，要用起動柄發動引擎。

老天，波莉說，我們都要死了！不要再說你老爸了，可以嗎？

我是說維多啟動發電機了，朗恩說，珍與瑪麗蓮。

才沒多久，我們就被天花板掉落的薄薄灰塵覆蓋全身。但是燈亮了。然而噪音大到我們聽不到彼此。我們周圍全是混亂後的酒吧殘骸。破裂的桌子、翻倒的椅子。籌碼、骰子與撲克牌撒得滿地都是。門板脫出了鉸鏈，搖搖欲墜。

我們涉水而出。還是沒看見維多的蹤影。他控制室的鋼門緊緊鎖上。我奮力走過積水，發電機將骯髒的柴油廢氣吹進走廊。

維多！

朗恩走到我身後，指著樓梯。防洪閘門已經打開了。我們可以離開了。我搖搖頭。朗恩抓住我的手臂。不由分說。我把他甩開。

克萊兒和波莉已經走上樓梯。

你們先走，我說。

然後朗恩彎下身來，拿頭用力往我的肚子頂，我一弓起身子，他就立刻將我扛上肩膀，用他矮短如牛般的身體，蹣跚走到樓梯。

我在他身上搖搖擺擺，眼睛死盯著浮著油光的髒水，我估計，假使朗恩真的要一路扛著我上樓，他會心臟病發作的。

我們來到樓梯邊。我捶著他的背。我想他很高興能把我放下來。

你比外表看起來重多了，他說，以一個其實是女孩的老兄來說。

我們一起上樓。

外頭曼徹斯特的夜晚，除了黑夜還是黑夜。大規模停電。戰時般的黑暗。

到處都停電了，波莉說。

辦公大樓全黑，路燈也沒了。我們走了一小段，沒有交通號誌，汽車沿著沒有光線的公路上遲疑行駛。

我拿出手機。沒有訊號。

我的也沒有，朗恩說。我們可以走去我的旅館。我住在米德蘭。

我不能離開維多，我說。

你要我把你扛起來走嗎？朗恩說。

我們去叫救護車，克萊兒說。

不！我說。給他一點時間。

給他時間做什麼？波莉說。

我不知道。走吧，我們去旅館吧。

我們抵達米德蘭飯店時，它就像其他地方一樣陷在黑暗之中。我們問門房發生了什麼事。沒人知道……沒有電視，沒有網路，醫護和急救人員在醫院與車站間穿梭。火車被困在鐵軌上。

我默默地想著，這會帶給維多他需要的時間。

朗恩與克萊兒同住一間套房。他替波莉和我都訂了一個房間，當我拿出信用卡時，他揮手拒絕。

也給他們牙刷跟白蘭地，好嗎？他對門房說。

我會為我們所有人祈禱，克萊兒說，在現在的情況下，這似乎是最明智的選擇。

波莉和我爬樓梯到房間。

波莉，我說，現在先不要輕舉妄動。拜託妳。早上我們再聯絡。先等等，好嗎？

波莉踮腳親吻我的嘴唇。簡單的吻，非常恰當。彷彿對今晚發生的一切的某種確認。

但今晚究竟發生了什麼事？

我沒上床睡覺。

我一聽見她在放洗澡水就離開了飯店，走進彷彿戰時的黑暗，然後循著前路回到地道的入口。

這個城市就像在宵禁。空蕩。陰暗。門口有個塞在睡袋裡的傢伙。

發生什麼事了？我問。

忽然一切就變黑了，他說。變得只剩下黑暗。

遠處的警笛聲撕裂了寧靜的街道。

我回到隧道入口時，外面那道門已經關上，還上了鎖。我的心臟狂跳。這表示維多出來了！他沒事！

我開始快步往他的公寓走去。我很冷、渾身濕透、傷痕累累又精疲力竭，但這都不重要了。

他那棟公寓當然也是漆黑一片。大門因為停電自動上鎖。門口警衛不在，我繞到後門，走上防火梯。我們之前也這樣做過，他和我，偷偷摸摸，彷彿第一次偷嘗禁果的青少年。

是這樣嗎？

大概吧。

防火梯頂端有個露台可以跳進維多的陽台。我縱身一跳，沒多看下方張嘴想吞噬我的黑洞。

他的拉門沒鎖。我進到屋內。熟悉的氣味。他的石榴蠟燭。

維多？

他東西向來都放在原位，所以我很快就找到火柴，點燃蠟燭。一盞接著一盞。這裡看起來就像座聖殿。真是個有條不紊的人。他沒有留下任何自己的痕跡。

但如果他離開了地道，他很快就會回來的。

*

我沖了澡，穿上他的睡衣。我上了他的床，睡了一覺，等待天亮。

我們很幸運，即使是最糟糕的人類亦然，因為天總會亮的。

人性不是穩定狀態的系統。

任何肉販都會賣給你。

也許是綿羊的，也許是牛的。

人類的看起來也大同小異。

大約拳頭大小。身體的循環幫浦。心臟向左傾斜——三分之二質量都集中在左側。心臟並不乾燥；它位於一個充滿液體的腔室。心臟不只一個腔室。裡面有四個房室，左右心房與左右心室。心房是血淋淋的腔室，固定於靜脈之上，為心臟輸送血液。心室則與動脈連接，將血液帶離心臟。右側腔室比左側腔室略小。在任何給定的時間內，心臟的腔室可能會處於以下兩種狀態之一：心縮期，心臟的肌肉組織收縮，將血液從腔室中擠出；舒張期，心臟的肌肉放鬆，讓血液流入腔室。這個過程給了我們血壓的數字。我一般的收縮壓是一一〇、舒張壓是六十五毫米汞柱。

心臟在胚胎著床後第二十二天開始跳動。自此不歇。

直至一切結束。

*

維多離開八天了。

我穿著他的外套。我已經喝光了冰箱裡的牛奶。我開始翻找著生命的積累，什麼也沒有。他彷彿住在其他人的家裡，但這裡是他自己的家——不過當波莉著手搜尋，她發現公寓屬於一家在瑞士註冊的公司。除此之外，沒有其他有意義的資訊。

我來到了大學的人事室。對他們而言，我誰也不是，不是親戚，也不是伴侶。他表格上的緊急聯絡人填的也不是我。我問，那麼是誰？他們不能透露；只提到那是一間在日內瓦的公司。

斯坦博士請了休假。

他請休假的原因是什麼？憑感覺？

人不會憑空消失。

但你也看到了，在我們生活的這個世界，他並沒有消失；他的帳單結清了。該填的表單也填了。是誰處理的？

總之，曼徹斯特大停電與全市的通訊崩潰幾乎同時發生，數百萬ＧＢ的數據瞬間清空。其中包括了，波莉說，維多的檔案紀錄。

他的電話也不通了。

幾星期後，波莉終於靠關係找到走進地道的方法。她帶了我一起去。從不同的入口下去，不是我們之前走過那個。我問了那個入口的狀況，那裡進不去，我們的嚮導說。從一九五〇年代就沒在使用了。封起來了。

我們就跟觀光客一樣，走進我們曾經認識的地底世界。

我們曾經說起自己故事的酒吧還在。但一切恢復如昔，沒有翻倒的桌子或淹水的地板。桌遊與撲克牌整齊排放。邱吉爾的照片換上了新玻璃。我知道那玻璃是新的，因為我用手指滑過去，一點灰塵也沒有。

兩台大發電機，珍與瑪麗蓮，既乾淨又沉默。

而其他一切東西都不見了。水泥房間空空如也，沒有跳躍的蜘蛛、沒有步履蹣跚的手掌、沒有忙著切開大腦的機器人、沒有裝在罐子的人頭、沒有電腦。只有在我們頭頂搖晃的燈光與伊爾韋爾河水的隆隆聲。

我們正準備離開時，身後的燈滅了，我們急躁的導遊忙著關燈，這時我踢到了某樣東西。我彎下腰，用手包住了它。我摸得出它是什麼；他去忙那顆人頭時，把它拿下來了。

維多的圖章戒指。

我又回到了他的公寓。我還有幾件衣服要收。鑰匙打不開鎖，於是我按了門鈴。一個充滿敵意的女人開了門，她是新房客，問我要幹什麼？我解釋說要拿衣服。她要我打給房仲，然後當著我的面砰地一聲摔上了門。

真可惜……我好喜歡那件T恤

下樓。下樓。下樓。門最後一次關上了。

我在這裡。默默無名，默默無聞，我走過大街，既存在，又無形。人們看不見我腦中的紛擾嘈雜。我的思緒、我的感受，都是專屬於我的貝德拉姆瘋人院。我跟你一樣，必須學會和自己的瘋狂相處。就算我的心碎了，它仍持續跳動。這就是生命的奇異之處。

波莉傳來訊息：**晚上想一起晚餐嗎？**

也許我想。

你的本質為何，你如何構成，

讓數以百萬計陌生身影追隨著你？

任何肉販都會賣給你。

我們沒什麼錢的時候我常買。人類身上最珍貴的東西卻是最廉價的肉：

心臟。

當雪萊在那堆乾柴上熊熊燃燒時，他的胸膛裂開了，我們的朋友特雷勞尼從火葬堆上偷走了他的心。

在印度，寡婦被要求要爬上火堆，陪著她死去的丈夫殉葬。她的人生也在此終結。

但事實不然。我們很強韌固執。我們活了下來。悲傷不能殺死我們。

我可以重獲自由……如果我能將他的回憶從我心中拔除，就像在火葬堆那樣輕而易舉地拉出他的心臟，我就自由了。

我發現悲傷就是跟一個已經不在的人日夜廝守。

佛家深信人們回歸的靈魂可能棲息在它選擇的任何形態之中。那是他嗎？冬季橡樹上的槲寄生。那是他嗎？一隻從我頭上俯衝而下的飛鳥。我可以將他的戒指戴在手上。如果我摩擦它，他會以人類的形式出現嗎？

最近常常有隻野貓跑來這裡……狂野、夜行動物的雙眼。

我取走了從他心臟燒出來的一些灰燼，將它與他的一綹頭髮和寫給我的幾封信收在一起。

遺物的遺物。人竟然能消失得如此無影無蹤，這實在荒唐。艾達上星期告訴我，假使我們用某種分析機看得懂的語言重現自己，那麼它就能閱讀我們了。

透過閱讀讓我們重返人間嗎？我問。

有何不可？她說。

他會喜歡的；以語言文字的形式，重獲新生。想像這個情景；他的詩在我的口袋裡，而他口袋裡也有一本。我將打孔卡送進機器，最後出來的結果是雪萊。

瑪麗！他說。

（維多？是你嗎？）

我轉過身來。茫茫人海中，他就在那兒，那是他嗎？

我們重新開始，好嗎？

重新作一場人類的幻夢。

作者後記

這本書是發明中的發明——這項發明，就是現實。阿爾科真的存在，曼徹斯特也是，貝德拉姆亦然。曼徹斯特地道也在，但不盡然如我書中所述。書中幾位人物確實存在，或仍然在世。其他則屬虛構。所有的對話並非全然如我筆下所言——或也許全部都不是。我希望我沒有冒犯生者或亡者。這不過是故事罷了。

致謝

謝謝在Jonathan Cape及Vintage出版社與我一起工作的夥伴，特別是瑞秋・庫偌妮、安娜・弗萊契，貝森・瓊蘇與蘿拉・依文。感激蘇西・歐巴赫比我更深信生物人類的意義。也謝謝我的經紀人暨好友卡洛琳・麥克。

本書獻給我的教子女艾利與卡爾・席耳，他們將努力奉獻一己之力，讓未來成為他們願景中的模樣。

文學森林 LF 0152

科學愛人——一則愛的故事

Frankissstein: A Love Story

作者
珍奈・溫特森（Jeanette Winterson）

英國當代最好的小說家之一，一九八五年她寫下深具自傳色彩的第一部作品《柳橙不是唯一的水果》，獲頒英國惠特布雷小說獎，授權BBC拍成影集，並親自改編，獲得許多國際大獎。二〇一三年她再以成長題材寫出暢銷又獲獎的回憶錄《正常就好，何必快樂？》。二〇〇六年因其文學成就獲頒大英帝國勳章（OBE）。

溫特森童年遭親生父母棄養，由信仰虔誠的溫特森夫婦收養，在曼徹斯特受教育成長。然而她因為愛上女孩，不見容於養父母，也無法再從事家庭期待於她的傳教工作，十六歲決定離家自立更生。艱難的年少生活，養成她獨立思考的特質，且言論大膽，對自己熱愛的文學勇敢發聲。如今她已是英國文壇公認代表性的聲音。BBC舉辦「女性分水嶺小說」票選中，她以三部作品同時獲得提名，成為入選作品最多的當代小說家。目前為止她總共出版了十部小說，另外著有童書、非虛構作品和劇本，並長期為《衛報》撰稿。

譯者
陳佳琳

台灣大學外文系畢，華盛頓大學東亞碩士，蒙特雷國際學院口筆譯碩士。譯作包括《門》、《嬉皮記》、《邊緣人的合奏曲》、《親愛的小小憂愁》、《鷹與心的追尋》、《飄浮男孩》、《喬治女孩》、《我要帶你回家》、《騙徒》、《布魯克林》、《來自無人地帶的明信片》、《大師》與《在我墳上起舞》。

封面設計　蔡佳豪
編輯協力　羅士庭
行銷企劃　楊若榆
版權負責　陳柏昌
副總編輯　梁心愉

初版一刷　二〇二一年十一月二十九日
定價　新臺幣四二〇元

ThinKingDom 新経典文化
發行人　葉美瑤
出版　新經典圖文傳播有限公司
地址　10045臺北市中正區重慶南路一段五七號十一樓之四
電話　886-2-2331-1830　傳真　886-2-2331-1831
讀者服務信箱　thinkingdomtw@gmail.com
臉書專頁　http://www.facebook.com/thinkingdom/

總經銷　高寶書版集團
地址　11493臺北市內湖區洲子街八八號三樓
電話　886-2-2799-2788　傳真　886-2-2799-0909
海外總經銷　時報文化出版企業股份有限公司
地址　桃園市龜山區萬壽路二段三五一號
電話　886-2-2306-6842　傳真　886-2-2304-9301

科學愛人——一則愛的故事 / 珍奈・溫特森(Jeanette Winterson)著；陳佳琳譯. -- 初版. -- 臺北市：新經典圖文傳播有限公司, 2021.12
376面；14.8×21公分. --（文學森林；LF0152）
譯自：Frankissstein：A Love Story
ISBN 978-626-7061-03-9（平裝）
873.57　　110017950